はじめに――『夏の夜の怪談コンテスト』書籍化に寄せて

夜馬裕

「作家になりたい」

最初にそう思ったのは、何歳の頃だったろうか。よく覚えていないが、相当昔なのは確かだ。

小学生の頃には、すでに自作のミステリーを画用紙に鉛筆で書き連ねては人に読ませていたし、学習ノートを何冊も使って、手書きのイラストを付けたゲームブックを作成していた。

中学生になると、もう少しスケールの大きな物語を書いてみたくなった。国際的なスパイが騙し合いながら、人類の秘密に迫る財宝を追い駆ける話や、古典SFのように、哲学的テーマを織り込んだ壮大な星間戦争の話を書いてみたい。そう意気込んではみたものの、矮小な事柄に日々悩む思春期はそれを許さず、どの作品も完成には至らなかった。

「将来は作家」と心に決めたのは、高校生の時だ。学校組織の中でまったく協調性を発揮できなかった私は、ちゃんとした会社勤めができる気がしなかった。周囲が具体的に将来の進路を考えるなか、私はわりと本気で、小説を書きながら全国を旅する「流しの植木職人（兼作家）」になろうと思っていたが、担任教師から「それは生き方であって就職ではない」ときつく諭《さと》され、教育学部へ進学して、教師をめざすことにした。昔の文豪のように、教鞭をとりながら静かに執筆する暮らしを勝手に夢想していたのだ。

さて、私は大学生になってようやく、「自分には文才がない」ということに気づいてしまった。いくつかの文学賞に応募してみたものの、手応えはまるでなく、後日発表された受賞作は、私よりも遥かに文才溢れる作品ばかりであった。しかも教職課程で学ぶうちに、教師がいかに過酷な職業であるかを知り、そちらへ進む覚悟も度胸もすっかり失くしていた。

作家も教師も諦めた私は、せめて文章を書いたり、本を作る仕事には関わりたいと考え、大学卒業後は、いくつかの出版社を転々としながら、編集や記者、営業にマーケティングと、本にまつわる仕事を色々と経験した。学生時代はあんなに社会へ出ることを恐れていたのに、年数が経てばすっかり会社員生活に馴染んでおり、おかげで作家になる夢など十五年近く忘れていた。

ただ、不思議な縁の巡り合わせというのはあるもので、大学生の頃から趣味で集めていた怪談話のおかげでいくつかの縁が結ばれ、私は四十歳を手前にして怪談師と名乗るようになっていた。さらには、長年の出版業で鍛え直した文章力を総動員し、三年連続で実話怪談系の文学賞を、佳作、優秀賞、大賞と順に受賞した。

これで勘違いした私は、「ついに作家になれる」と舞い上がったが、残念ながら書籍化の話はまるでこなかった。今思えば当たり前のことだが、当時の私は、結構落ち込んでしまっていた。

やっぱり、作家にはなれないんだ――。

どこか吹っ切れた私は、作家志望の気持ちを切り替え、まずは怪談師としての活動に情熱を傾けることにした。すると面白いもので、小規模にはじめた怪談会の集客が毎回百人を超えるようになった頃、怪談師としての実績を評価され、「共著で書かないか」と、先輩作家から初めての執筆依頼が来たのである。完成した本を手にした時の喜びは、今も鮮明に残っている。

だから私は、過去の自分や、作家をめざす人たちに、「なれる。いつかなれる。時には諦めてもいいから、書き続けさえすればいつかは叶う」と、大きな声でエールを送りたいのだ。根拠なんてどこにもない。でも私たちの人生は、小説よりも奇なる縁で結ばれていくものだから――。

そしてこの想いは、監修をつとめさせていただいた本書にもたっぷり詰め込んだつもりだ。

本書は、小説投稿サイト「ノベルアップ＋」が開催した『夏の夜の怪談コンテスト』の受賞作から、珠玉の作品をピックアップした「傑作選」である。話は大変面白いものの、文章として粗削りな作品も散見されたため、全作品の全ての著者に、数度にわたる加筆修正を依頼した。不快に感じた著者もいるとは思うが、本書が才能溢れる作家としての第一歩を飾れるよう、ひとつひとつの作品に、誠心誠意向き合って監修をした自負はある。

本書は作品の味わいに沿って、「畏《おそれ》の章」「狂の章」「邪の章」に分けており、いずれも粒揃いで読み応え十分。怪談好きの皆さまにとって、新たな愉しさを切り拓く読書体験となるはずだ。

だからこそ、読者の皆さまには、「面白かった作品」の著者を今後とも注視いただき、可能であれば末永く応援くださるようお願いしたい。それはもう、私のことも含めて。

目次

狂の章

邪の章

畏の章

虚構の部屋

シマウマヒト

肝試しに行った時の話ですか？

――ええ、はい。大学のサークルの仲間と私の三人で〇〇市の山中にある廃墟へ行ったんです。

日本家屋の一軒家がぽつんとあるらしくて、そこの一番奥の和室に幽霊が出るって話をサークル仲間のAが先輩から聞いて。

今度の休みにBも誘って三人で行こう、ってなったんです。

目的地まではAの車で向かいました。

まあ正直、面白半分で本当かなぁって感じだったんですよ。

「何なら動画撮ってSNSに投稿しようぜ」って車の中で三人でワイワイはしゃいでて。

あ、行ったのは昼間ですよ。だって夜とか暗くて危ないし怖いじゃないですか。

だけど、山の中って雰囲気あるんですよね。

周りは木ばっかりで風の音と鳥の声しか聞こえないし。昼間なのに薄暗いし。

山道の途中に立ち入り禁止のロープが張ってあったので、一旦そこで車を停めて、私たちは歩くことにしました。


歩いて五分ぐらいかな……字もほとんど読めないぐらいボロボロの看板を発見して、たぶん『私有地』って書いてあったんじゃないかと思うんですけど、その近くに目的の一軒家がありました。

窓ガラスとか割れちゃってて、外は雑草もすごかったんですけど、中は思ったほど荒れてはなかったですね。

ただむっちゃカビ臭いというか、生臭い匂いがしていました。

当時の雑誌とか新聞が残ってて、全部三十年以上前のものだったかな。

Bなんかはテンションが上がっちゃって、「やばいやばい」とか言ってるし、私はそんなBの様子を笑いながら、廃墟の光景を動画に収めていきました。

そして私達は、噂の幽霊が出るっていう一番奥の和室まできたんです。

その部屋は他の部屋と同じで、黒ずんだ畳に割れた木片なんかが散乱してて、天井とか壁とかもボロボロでした。

部屋の広さはだいたい十畳ぐらいだったと思います。床の間に染みだらけの掛け軸があって、ガラスケースに入った日本人形が埃《ほこり》を被って放置されていました。

で……まあ、しばらく部屋に待機して動画撮ってたんですけど……。

特に何も起こらない。霊が映るとか、変な声が聞こえるとかもなくて、「なあんだ」「昼間はお化けも寝てんじゃね?」「帰る?」みたいな話になって。私も飽きてきたんで「じゃあ帰ろう」ってなった時に、押し入れを調べてたAが変なことを言い出したんです。

「あれ、向こうに別の部屋があるんだけど?」

Aの言う通り、押し入れの襖《ふすま》を開けたら下段の壁の端が破れてて、そこから向こう側の部屋が見えてるんですよ。

大人が一人通れそうな穴だったんで、前に来た人達がいたずらで壁を壊したんじゃないかって話して、でもせっかくだし、面白そうだから行ってみようってなったんです。

だけど、よく考えると変なんですよね。その部屋、壁の穴以外に出入り口が一切見当たらないんですよ。隠し部屋みたいな感じって言うのかな。

だけどもしかしたら、あの部屋は……いえ、何でもありません。

入ってみると、そこは他の部屋よりもひと回り狭い書斎みたいな感じでした。ここも壁は染みだらけで、畳にもカビが生えてて、部屋に窓も扉もない以外は特別おかしなところは無かったんですけど。

ただ一つ気になったのは……鏡が置いてあるんです。

三面鏡です。

引き出しのついた背の高い三面鏡が、閉じた状態で置かれていました。

いかにも曰くありげな物を発見した私たちは、その時は怖いと言うより、面白いネタを発見したと大盛り上がりでした。

私が動画を撮って……。Aが三面鏡を開いて……。

でも開いてすぐ、その鏡が異様なことに気が付きました。

真っ黒なんです。

鏡の部分が黒い塗料のようなもので塗りつぶされているんです。ただ、その塗料がところどころ剝がれてて……。

私とBはそこでちょっと引いたんですけど、Aは全然気にした様子もなくて、「うわー」とか言いながら、鏡を覗き込んでいました。

その時点で私は気味が悪くなったんで、帰ろうって二人には言ったんですけど。鏡を見ていたAが何かに気づいたみたいで、

「あれ？　何か……あっ」

そのまま何も言わなくなっちゃったんです。

Aは無言で鏡を覗いてました。

BもAの様子がおかしいことに気がついて、どうしたのか聞いたんです。でもAは私たちのことを無視して、鏡を見続けていました。

「何？　どうしたの？」

そしたら急に振り返って
「うわわわうああ」

すごい声を上げて、絶叫って言ったらいいんでしょうか。私たちを置いてあっという間に部屋を飛び出して行ってしまったんです。私もBも、びっくりしてAを追いかけました。いや、何が起こったのか分からないんですけど、とにかく怖くて、急いで廃墟を出たんです。

その時にはもう、Aはどこか行っちゃってて。

車のところまで戻ったんですけど、そこにもAはいませんでした。

「あいつ、どこ行ったんだよ」

私とBは途方に暮れてしまいました。

車は私でも運転できるんですけど、鍵を持っているのはAだし、いなくなったことも心配でした。

山の中ですが幸いスマホは繋がったので、私がAに連絡を取って。

そしたらまあ、通話中にはなるんですけど……変なんですよね。プツ、プツみたいな電波が途切れるみたいな音がして。

こっちも必死で呼びかけるんですけど、意味のない言葉みたいなものが途切れ途切れに聞こえてきて……それで気持ち悪くなって切っちゃったんです。

私とBは警察に連絡をした方がいいか相談しました。だけど、不法侵入で捕まるんじゃないかって気になってしまって、すぐには連絡しなかったんです。

そしたらBが、五十メートルぐらい離れたところで雑木林の中にいるAを発見して、

「いた、おーい!!」

Bが声を張り上げました。

Aはふらふらとどこかへ向かっているようでした。Aを見つけてほっとした私とBは、すぐに彼を追いかけました。

名前を呼びながら、藪《やぶ》をかき分けて急ぐんですけど、不思議なんですよ。全然Aに追いつけないんです。

走っているわけでもないし、Aは普通に歩いているように見えるのに、Aはどんどん先に進んじゃうんです。

Aはあの廃墟の方に向かっているみたいでした。

そのままAが廃墟の玄関から中に入っていったのが見えたんで、私とBも追いかけました。

あの廃墟にもう一回入るなんて、本当はすごく嫌だったんですけど……。

「A、どこ行くんだ！　戻って来いよ！」

私達はAに呼びかけながら廃墟に入りました。

だけど私達が中に入った時にはAの姿はどこにも見当たらなくて。私達はそこでAを見失ってしまいました。

「もしかしたら、あの三面鏡の部屋に戻ったんじゃね？」

Bが言いました。私も考えたくはなかったんですけど、もしかしたらって思って。

それで、すぐに外へ出られるように玄関や扉は全部開けたままにして、私とBは三面鏡の小部屋に繋がっている押入れのところまで行ったんです。

だけど、そこからが気持ち悪いんですよ。まるで夢をみているみたいなんです。

――無かったんです。押入れの下に、あの小部屋への抜け穴が無くなっていて。

そこはただの壁になっていました。


私は混乱しました。Bも壁を叩いたりして何回も調べていました。

私達は三面鏡のあった小部屋へ、押入れの壁の穴から入ったはずなんですよ。

なのに押し入れの下には、穴なんか開いてなくて。

部屋を間違えたんじゃないかって思いました。

でも他に似たような部屋はないし、やっぱりここで間違いないんです。

Bは不安と恐怖と戸惑いをくっつけたような顔になっていました。たぶん私も同じような表情をしていたと思います。

じゃあAはどこに行ったんだろう、ってなって……。

まったくわけが分からないまま、とりあえず私達は部屋を出て廊下に移動したんです。私達は話し合って、一度外に出て警察へ連絡することにしました。変なことばかり続いて、私もBも限界でした。

玄関へ続く廊下の曲がり角に差しかかった時、私は何気なく反対側に目をやったんです。

そこに人影が立っていました。

「A？」

反対側の廊下は昼間でも薄暗くて、顔はよく見えなかったんですけど、服装はAのものでした。だから私はAだと思って。

「おい、Aだろ？　急にどうしたんだよ」

もう一度呼びかけてみました。でもAは微動だにせず、何も答えませんでした。

すごく不気味で、私もBもその場から動けなくて。

そしたらじっとAを見ていたBが、突然こんなことを言い出したんです。

「あれAじゃないかもよ……」

嫌な予感がしました。

それで、もう一度私はAの顔をよく見ようとしました。でも暗くてやっぱり見えないんです。

というより、Aの上半身が闇と同化してるっていうか……。

私はスマホのライトを使ってAを照らしてみようとしました。でもBに腕を掴まれて止められました。

だけどその時にぼんやりとですけど……気づいてしまったんです。

Aの顔。何というか、変だったんです。目とか鼻とか口とか、顔の各パーツがぐちゃぐちゃにかき回されたみたいになっている、そんな風に見えました。

お正月とか子供のころ福笑いってやりませんでした？

ちょうどそんな感じです。各パーツをふざけて適当に配置してしまったみたいな。

「うわあああ！」

それに気づいた瞬間、私は悲鳴をあげて逃げ出していました。

Bもすぐに私の後を追って来ていたと思います。

その後ですか？

私とBは警察に連絡をしました。それで事情を話してAを探してもらうことにしたんです。

もちろんこっぴどく叱られましたよ。

正直に話して、パトカーに乗せてもらって、警察署まで連れていかれて、そこでも同じ話をさせられて。

でもとり敢えずは家に返してもらえることになりました。

長くなりましたけど、話にはまだ続きがあります。

後日、Aのことで警察から連絡がきたんです。

「Aの家族と連絡を取るために、君達からの情報を元に身元を調査したが、そのような人物は存在しなかった。Aは非実在人物なのではないか」って言われて。

非実在人物？

その時は何を言われているのか、全然分かりませんでした。何の冗談かと思って。

Aとはサークルの仲間で、廃墟にもAが行こうって言い出したんですよ。

それでAの車に乗って、私とAとBの三人で廃墟に行ったのに。

警察からは虚偽の通報を疑われましたけど、そんなはずないじゃないですか。

それなら山中に放置してあるAの車は？　っていうと、それはAじゃない別人の車だって言うんですよ。

しかも、その車の主とは連絡が取れたみたいで。

もうこの時点でわけが分からないですよね。

そこで私は動画を撮ってたんで、見返してみたんです。Aが映っているのが、Aが存在する何よりの証拠じゃないですか。

動画には廃墟に向かって林道を歩くBが映っていました。

Bが道を確認して、それに応える私の声も聞こえました。私は時々スマホを動かして周りの景色を撮ったりして。

私はゾッとしました。

先を行くBと、それを撮っている私。そのどこにもAの姿は映っていなかったんです。私とBがAに話しかけるような場面もあるんですけど、そこには誰もいないし、声も聞こえなくて。

あの時AとBが先に歩いていて、私は後ろから二人を撮ったはずなんです。それなのに、最後まで見ても、Aは元からいなかったようにしか思えなくて……。

不思議なのは、あの廃墟で私は、押入れの穴と三面鏡のある部屋も動画に撮ってたんです。

でも、動画では壁に穴なんか開いてなくて、私達が三面鏡の部屋に入ったところは真っ暗で何も映っていませんでした。

動画がバグったんじゃないかって思いました。とても信じられませんでした。

私は必死になって、Aが存在していた証明を探しました。

存在が消えるなんて、そんなわけないだろうって思うじゃないですか。

Aとの共通の友人に確認しました。なのに、みんな知らないって言うんです。

大学の名簿を確認したんですけど、何回探してもAがみつけられなくて。

Aの住んでいたアパートにも行ってみたんですけど、全然違う人が住んでいて。

どうなってるんですかね？　もしかして私がおかしいんでしょうか。

今でもまだ、みんなが私を騙《だま》してるようにしか思えないんです。

あの時、廃墟に行った私とBだけがAを覚えていて。携帯に登録していたAの連絡先もいつの間にか消えていました。

いったいAは何処に消えてしまったんだろう。小部屋にあった三面鏡は何だったんだろう。

最近ではBとも連絡が取れなくて……。


あれから、よく悪夢を見るようになったんです。

私はどこにも出入り口のない部屋にいて、目の前には黒塗りの三面鏡が、開いた状態で置いてあるんです。

そして繰り返し同じ夢を見るたびに、少しずつ黒い部分が剥がれていってて……。

絶対にそこに映るものと視線を合わさないように、私はかたく目を閉じるんです。


【追記】

撮影者が廃墟で撮ったという動画内にはA及びBと思われる人物は確認できず、映っていたのは撮影者本人だけであった。

誘《いざな》うもの

カンキリ

昨今、アニメやオカルト系配信者の呪物企画が全盛で、都市部のあちこちで行われる呪物のイベントは、多くの来場者で賑わいを見せていた。

俺と、同じ大学に通う友人の隆史もご多分に漏れず、その日は呪物展に行き、その帰り道でのことだった。

「なんだこれ」

隆史が訝《いぶか》しげな声を上げた。

歩道と車道の境界に植え込まれた低木の緑地帯があり、隆史の足下から数センチ先、その低木の根元に、七夕の笹に飾り付けるくらいの大きさで、短冊形の紙片が落ちているのが見えた。

俺は、隆史を押しのけるようにしてのぞき込む。

「おお、すげえ。御札《おふだ》じゃね？」

少し黄ばんだ和紙のような素材感の短冊には、中心に怪しい文字のような物が黒々とした筆文字で描かれ、その左右には、ミミズがのたうったような記号らしき物が朱文字で書かれている。

ついさっき呪物展を見物したばかりの俺としては、テンションが爆上がりしていた。

早速、バッグからスマホを取り出し写真を撮る。

「ば、ばっか！　何、写真なんか撮ってんだよ。きもちわるい」

隆史がひき気味に、いや、実際、俺から身を引いて、たしなめるように言った。

「いや、写真検索をしたら、何の呪物か解るかと思ってな」といいつつ早速検索をかける俺。

「……」

検索結果は『ウェブページまたは重複した画像は見つかりませんでした』と画面に出ている。

『見た目で一致』と似たような画像は出てきたが、どれも決定的に違うモノばかりだった。

何せ、目の前の御札は検索結果のどれよりも、こう言っちゃなんだが稚拙なのだ。

比べてみると、落書きにすら見えるレベル。

だからこそ、なんとも言えずフェイクには無いリアルさがある。

なにより、質感からして、大量に印刷して世に出ているようなモノではなく、手書きのオリジナルらしいことが俺の琴線に触れた。

俺は、躊躇《ちゅうちょ》すること無くその御札を拾い上げていた。

「なん……で？」

それを見た隆史が、露骨に嫌な顔をして唸るように呟いた。

「格好いいじゃん」

俺は満面のどや顔でそんな彼に応える。

「ホント、お前ってにわかだよなぁ」

隆史がため息交じりにそう言って歩き出す。

「そんなもの俺達みたいに呪物展を観に行った奴が、中二病発病して『俺の考えた最強の呪物』とか粋がって作ったニセモノだぞ」

そう言いながら、俺を置いて行こうとする隆史の背中を慌てて追いかける。

親元を離れ、安アパートに一人住まいしながら大学へ通う俺には、多少悪趣味なモノを部屋に持ち帰っても文句を言う奴はいない。

俺は御札を肩掛けバッグの中にしまい込んだ。

それから、近くに住む俺と隆史は地元まで戻り、行きつけの居酒屋でささやかな打ち上げをした後、それぞれ帰路についた。

乾杯の最中、隆史は御札の事など忘れてしまったかのように、話題にあげることはなかった。忠告することを諦めたのか、或いは口に出すのも嫌なほどおぞましく思っていたのか……。

二階建てアパートの一階の自宅へ、ほろ酔いで戻った俺は、早速バッグから御札と、途中のコンビニで買った両面テープを取り出し、パソコンデスクの上に並べると、部屋をぐるりと見回した。

もちろん、この御札を貼り付けるのにぴったりな場所を探すためだ。

六畳一間の部屋は、左手窓側に簡易ベッドが置かれ、右手側の奥にクローゼットがあり、そこに並んでパソコンデスクが置かれていた。

部屋の空間は、このベッドとデスクに大部分が占領されている。

窓側には御札を貼り付けるスペースは無いが、ベッド側の壁には貼り付けられないわけではない。

しかし、ごちゃごちゃして枕元がうるさくなってしまう。

クローゼットの扉でも、いかにもな雰囲気ではあるが、やはり目に付きやすく、玄関に入った時、すぐ正面に見える壁が一番それらしい場所のように思えた。

ホラー映画なんかでよくあるシュチエーション。

なかったっけ？

そんなの？

あと二年もすれば出て行く部屋だから、なるべく壁に傷をつけたくなかったので、画鋲は使わずに買ってきた両面テープを御札の裏側上下に貼って、真っ白な壁の目線より少し高い位置に貼り付けた。
完璧だ。
かっこいい。
眺める口元が思わず緩む。
俺は暫く眺めていたが、キリがない事にはっと気づいて寝ることにした。
ああ、その前に風呂に入らなければ。

翌朝。
目覚めた俺は、寝ぼけ眼でベッドに腰掛けると、壁に貼られた御札に目をやる。
御札は、堂々とした空気を漂わせながら壁にしっかりと貼り付いていた。
俺はその場景に満足すると、洗面所へ向かおうと立ち上がる。
その時。
足下に妙なモノを見つけた。
いや、妙なモノと言うよりは……、有るはずのないもの。
今しがた、壁に貼られているのを見たばかりの御札が、そこにあった。
視線を壁に移す。

そこには、しっかりとアノ御札が貼られていた。
では、足下にある、コノ御札は何だ？
頭が軽い混乱をきたす。

同じ御札が二枚有る。

一枚だと思って拾ってた御札が、もう一枚重ねて貼られており、実は二枚だったのか？
寝ている間に上に貼られた御札が剥がれて落ちた。
それが妥当な考えだろうと思った。
しかしそうなると、問題はこの二枚目の御札の始末の仕方だ。
どうする？
並べて貼るか？
そう思って、壁に貼られている御札の横に並べてかざしてみる。
安っぽい。
やはりこれは、一枚だから何だかそれっぽいのだ。
二枚ではあまりにも安っぽい。

少し考えた後、ちょっともったいない気もしたが、俺は部屋の隅に置いてある、小さなゴミ箱にその札を丸めて放り込んだ。


「捨てただあ?」

隆史は素っ頓狂な声を上げて叫んだ。

その日の昼。

学食で俺の向かいの席に座り、ハンバーグ定食を食べている隆史に、今朝方起きた事の顚末《てんまつ》を、特製きつねうどんを啜りながら話し終わった時のことだった。

「捨てたよ」

俺があっさり肯定すると、隆史はゴミでも見るような目を向けて口を開いた。

「よりによって、ゴミ箱に?」

俺は頷いて、お揚げにかぶりつく。

「どうしたらいいかわからなかったしな」

「……それにしたって」

隆史の食事の手が止まる。

「……祟られたりしたら」

「中二病の奴が『俺の考えた最強の呪物』だって言ったのはお前だろうが」

「言ったけどさあ」

隆史はそう言うと、目を逸らして少し考える素振りをみせた。

「燃やしてから捨てるとか、庭に埋めるとか、川に流すとか」

そんなことをごちゃごちゃ言った後、目線を、強くこちらに向けて言った。

「もーちょっと、なんか考えろよ」

なんだか、そうしなければいけなかったような気がしてきた。

何もないとは思うが、万が一もありえる。

「それにしてもさ」

気を取り直すように隆史が言った。

「二枚有ったって事は、印刷物だったんだな、あの御札」

その言葉に、俺はハッとした。

なるほど、直筆の札を重ねても二枚貼り付くものなの？

紙の質もゴワついた感じがしていたし。

いや、待てよ。

墨書きだったから、重なっているうちに濡れてた墨が乾いて貼り付いていたのかも。

……いやいやいやいやいや。

実のところ、そんなによく観察したわけではなかったから、推測できるほどの情報なんて何一つ記憶に無い。

しかし、これは重要事項だ。

言う迄も無く、手書きである事が俺の琴線に触れたのだ。

もし印刷物だとしたら、こんな考えも意味のないものになってしまう。

すぐにでも帰って確認したかったが、午後からは単位の落とせない授業が控えていた。

俺はもどかしい気持ちを抑えつつ、うどんにあたり散らかしてズバズバと力強く啜り回すしかなかった。

早く帰りたい一心で、何やかやと手を尽くした事が功を奏して、アパートには日の暮れる間際に帰ることが出来た。

夕陽に赤く照らされて、前面の道路に長い影を落とすアパートは、童謡歌集の挿絵のように牧歌的な姿で、いつも通りひっそりと佇んでいた。

自室の前まで来て、玄関の扉に鍵を差し込み、回す。

そこまでは、いつも通りの手順。

そしてこれから起こる事も、変わり無い日常の繰り返し。

で、あるはずだった。

だが――。

扉を開けて、俺は絶句していた。

玄関からリビングに続く廊下の壁一面に、細かい落書きがびっしり書き殴られている。

いや、違う。

例の御札が重なり合うようにして、壁一面、余す所無く貼られているのだ。

暫く茫然と立ち尽くしていた俺は、ふと視線を下ろして小さく悲鳴を上げていた。

床一面に御札が敷き詰められている。

「部屋の中は……」

そうだ、部屋の中はどうなっているのだろう。

俺は自分の独り言でそんな意識を取り戻し、部屋の中へと勢い良く突き進んだ。

怖さは無かった。そんなもの感じる余裕すらないほど混乱していたのだと思う。

リビングの入口に立った俺が、目の当たりにした光景。

壁という壁、そして床一面に御札が敷き詰められている。

幾重にも貼り重なった天井の御札は、その重さに耐えられないのか、はらはらと床に降り注いでいる。

舞い落ちる御札は、窓から差し込む夕焼けで蘇芳色《すおういろ》に照らされて染まり、まるで火の付いた巨大な竈《かま》の中で踊っているように見えた。

これは、現実なのか？

どうすれば良いのかまったく思いつかないまま暫く凍りつく。

当然だが、一人ではどうしようもないという結論に行き着く。

誰かの助けを求めなくてはならない。

だが、どうやって。

とにかく現状を伝えることが必要だと思った俺は、この場を写真に収めようと思い立った。

肩にかけてあったバッグからスマホを取り出す。

カメラのアプリを立ち上げて室内に向けたとき、画面が真っ暗になり警告文が出た。

『ストレージが不足しています』

は？

ストレージ？
写真の保存領域が一杯だと言うことか？
そんな馬鹿な。
スマホを再起動させ、再びカメラのアプリを開く。
結果は一緒、保存領域が不足していると表示が出る。
今度はアルバムのアプリを起動してみる。
次の瞬間、俺は無言でスマホを放り投げていた。

アルバムの画面。
保存されている写真の画像が、同じ御札で埋め尽くされていたのだ。

そういえば拾った時に、検索するために写真を撮ったことを思い出した。
増えたのか？
部屋に溢れる御札のように、データの御札も容量限界まで増えたというのか？
何なのだ、この御札は。
ひたすら増える？

何のために。

そして、これからどうなるというんだ。

次々に湧いてくる疑問に思考が邪魔されて、状況を把握できない。

当然、次に何をするべきかなんて思いつくわけがない。

ただ、呆けたように立ちすくんでいたと思う。


どれくらいの時間が経っただろう。

夕陽はもう沈みきろうとしていた。

ふと、気配を感じた。

かさかさと、紙がすれるような音。

それが、規則的に、連続して、微かに聞こえてくる。

一歩、部屋の中へ踏み込んでみる。

音が止まった。

気のせいだろうか？

もう一歩、中へ進み入る。

その時、ベッドの奥、死角になっている場所に、隠れるようにしてかがむ人影が見えた。

ドキリとした刹那《せつな》、影はそこから飛び出し、敷き詰められた御札の上へ両手両足を大きく拡げてうつ伏せになり、音も無く床に張り付いた。

窓から差し込む夕陽に、切り絵の様に浮かび上がる、黒いワンピースのプロポーション。

そして、背中一面に広がる美しく流れる黒髪で、顔こそ見えなかったが、それは女であると確信できた。

女の身体は、そのままじりじり身動きしたかと思うと、次の瞬間。

跳ね上がるように立ち上がり、一瞬で俺の目の前に迫っていた。

整った顔立ちで、赤ん坊のように意思の感じられない目を見開いて、真っ直ぐに俺を見つめている。

その口からは数枚の御札がはみ出ており、頬をリスのように膨らませ、『ふしゃふしゃ』と言う音を立てながら、咀嚼《そしゃく》を繰り返している。

食っている。

御札を食っているのだ。

女は、ゆっくりと小首を傾げ、焦点の定まらないまなざしで俺を不思議そうにのぞき込みながら、両手に持った御札を自分の口へ乱暴に運んだ。
『ふしゃふしゃふしゃふしゃ……』
女の咀嚼音を聞きながら、俺の意識は遠のいていった。

目が覚めたときには朝だった。
慌ててまわりを見回す。
無い。
御札が無い。
壁も床も天井も。
見渡す限り札が無い。
夢？
そんな訳がない。
夢だとしたら、床に倒れていた説明がつかない。

「あっ」
と声を上げて立ち上がる。

あの女はどうした。
居ない。
女も消えた。
あの女は御札を食べていた。
あれは、食べていたのだ。
女があの御札を食べて、食べきって、何処かへ去って行ったと言うことなのだろうか。
そう考えられないこともない。
わからないけど、それならうれしい。
ありがたい。
そこで、思い出す。
スマホの写真はどうなった?
慌てて、部屋の真ん中に放り出されていたスマホを拾い上げる。
アルバムを立ち上げる。
無い。
御札の写真はすべて消えているようだ。
保存容量も元に戻っている。

全身の緊張が解けていくのを感じる。
データの御札もあの女が食っていったと言うことで良いんだよな。
なんだったんだ。
よく解らないが、とりあえず後で考えることにした。
アプリを閉じる。
その途端、俺は意識が真っ白になるほどの恐怖で悲鳴を上げていた。
待ち受け画面になったそこには――。
大きく目を見開いた髪の長い女が、無表情にこちらを見つめていた。

神社の縁日

中野半袖

この話は、おれが地元に帰るたびに友人のYから聞かされる話だ。以降はYが語っていると思ってほしい。

――その年の夏は、例年に比べると蒸し暑かったような気がするが、もしかしたらそれは、気の所為《せい》だったかもしれないし、本当に蒸し暑かったのかもしれない。

夏休み最初の週末、私は祖父と一緒に近所の神社に向かっていた。日没までもうわずかという時間、毎年恒例の縁日へと向かう私の足取りは軽やかだった。

家を出る前から、何を買ってもらうか考える。しかし、なぜかかき氷以外は思いつかないのは、小学校低学年の男子にとって当たり前のことかもしれない。今年はどんな味を選ぼうか、カラフルなかき氷が頭の中をぐるぐると回る。結局はいちごを選んでしまうのだが。

普段は閑散としている神社も、この日は近づくにつれて人の気配が濃くなっていく。家族と一緒に神社に向かう友達を見つけたが、話しかけることはない。しかし、お互いにその存在には気づいている。目だけで合図をして、「後でな」というテレパシーを送りあった。

神社は小高い丘の上に建っており、境内へ入るには五十段ほどの石段を登る必要がある。いつもなら静けさに包まれているのに、この日ばかりは境内から喧騒が漏れていた。それがまた、私の気分を高揚させる。

石段を一気に駆け上がりたい。しかし、そんな気分を抑えることができたのは、祖父が一緒だったからだ。私は祖父の機嫌を損ねないように、一所懸命、良い子を装った。

そんなことをしなくても、祖父が私を怒ることはない。自分でも分かっていたが、これから色々なものを買ってもらうと思うと、良い子でいるのが私なりのお礼だったのかもしれない。

石段を登り切ると、参道の両脇に屋台の群れが出来上がっていた。初めて見るベビーカステラという文字が、私を興奮させる。数十の屋台から漏れる明かりで、社殿がライトアップされていた。その上にはもう薄闇が漂い始めて、境内を囲むように生えた木々と明暗のコントラストを生み出していた。

祖父と一緒にお参りをすませて、おみくじを引いた。私は大吉だったが、祖父が何だったのかは覚えていない。私の意識はもはや、ベビーカステラへと移っていた。すでに十個入りを買おうと決めていた私のもとに、おみくじを結び終わった祖父がやってきた。

「どの大きさにするんだ?」祖父が言った。

私は、あれ、と十個入りを指差す。値段は五百円ほどだったが、祖父が支払ったのは一万円札だった。沢山の千円札と小銭が返ってくる。そのお金のすべてが、まるで自分のもののような気がして嬉しかった。

ベビーカステラを頬張りながら、今度はかき氷に狙いをつけた。店番をしている派手なお姉さんに「いちご」と注文する。ガリガリという音がしている間に、祖父がゆっくりと追いついてきた。私はこれまで夢中になっていたベビーカステラを祖父に押し付けると、支払いが終わる前にかき氷にかぶりついた。

振り返ると、クラスの同級生が家族と一緒に並んでいた。私は「おう」という意味をこめてニヤリと笑った。向こうも「おう」と笑う。どうやらそいつも、良い子を装っているようだったので、ニヤニヤしながらしばらく目線を送ってやった。

かき氷を食べてから、金魚すくい、スーパーボールすくいをやり、お好み焼きと焼きそばを買った。追加でフランクフルトを食べたころには、私の胃袋はパンパンに膨れていた。

もう何も食べられない。そう思っていると、ちょうど祖父が知り合いを見つけ、側にあったベンチに腰掛けた。タバコを吸い始めたのを見て「あ、これは長くなるな」と思った。

例年のことなので、私もフラフラと境内を歩き出した。お好み焼きやたこ焼きが出来上がる工程をじっと見たりしていると、先に来ていた弟のSがいた。

おう、と声をかけようとしたが、私に気づかず参道から離れていく。「あっちには何もないだろうに」と目で追っていると、弟はやかましい発電機の中を抜け、その先にある一本の大木に向かって行った。

よく見るとその根本近くには、ぼんやりと色褪せた灯りがともっている。シルエットになった弟は、暗がりに溶け込むとどこにいるのか分からなくなった。

あんなところに何があるのだろうか。行ってみようと思うのだが、その背後には真っ暗な闇が隣接していて足を踏み出せない。祖父を呼んでこようかと考えていると弟の声がした。

「兄ちゃん、こっちこっち」

小さな灯が逆光になって顔は見えないが、弟と思われる影がこちらに向かって手を振っている。それでやっと安心し、私はその屋台へと近づいた。

ぼんやりとした灯の正体はロウソクの火だった。とても頼りなく、ふとしたはずみで闇に飲み込まれそうである。

参道とは違い、湿った土の匂いを感じる。小さい灯に、見たこともない蛾が引き寄せられていた。どこか別の空間に来てしまったような気がして、どうも落ち着かない。気味の悪い場所だ。どうしてこんな境内の隅に屋台を出しているのだろう。

「いらっしゃい」この声で、初めてそこに人がいると気がついた。

古ぼけたパラソルの下に、屋台の主人らしき男がいる。ヨレヨレの白い半袖シャツを着て、腹巻きをしている。頼りない光でそこまでは分かるのだが、あとは暗くてよく分からない。顔もパラソルの中にすっぽりと収まっているのもあって見えなかった。

細い体躯《たいく》や腕に浮き出た血管から、そこそこ老人のように感じるのだが、主人の声はまるで子供のように高かった。ロウソクに照らされた影が、ユラユラと動いて気持ちが悪い。

側には、二つの木箱に板を渡した台が三つほどあった。そこで膝をつき、数人の子供が何かをしている。よほど集中しているのか、誰一人喋っていない。それがまた、ここの静けさを助長して気味が悪かった。

「ここ無料なんだってさ」弟が言った。

見ると他の子供たちに混じって、台の横で膝をついている。近づいてようやく、それがカタヌキなのだと分かった。

「無料って本当かよ」いつも調子のいい弟の言葉を私は信じられなかった。

「本当だよ、だって俺金払ってないもん。ねえおじさん、そうなんでしょ？」

私の背後に弟が話しかけた。それにつられて後ろを振り返ると「そうだよ、ぼくもやってごらん」と、店主からカタヌキの板と小さな針を渡された。

以前やったときは、象の模様が描かれた板を渡されたのだが、鼻の部分が難しくそこで板を割ってしまった。くやしくてもう一度お金を払うと、今度は飛行機の模様だった。これも翼のところが細くなっていて、あと少しというところで失敗した。

カタヌキは難しい、そんな印象があったのだが、今回はその心配は無用のように思えた。板に描かれた模様は、単純な丸だった。丸を形作る線もすでに深く刻まれており、「これは絶対に成功するだろう」と思うと同時に、「なるほど、これは町内会か何かがやっているカタヌキの屋台なのだ」と思った。だから無料であり、こんなにも簡単な模様なのだ。

空いている台を見つけて膝を地面につく。蒸し暑さが嘘のように、土の表面はひんやりとしていた。しかし、下草なのか虫なのか、足元が妙にむず痒くなかなか集中できなかった。

太ももに何かが触れる。その度に手で払うのだが、すぐにまた何かが触れてくる。

おまけに手元もほとんど見えない。

弱々しい灯りは、店主の周囲を照らすのがやっとで、カタヌキをする台には一切届いていない。目が暗闇に慣れたとしても、細かい作業をするには無理があった。

あまりにも低予算が過ぎる。いっそのこと指で割ってしまおうか、いや、そういう考えが失敗につながるかもしれない。灯りの届かないイライラとは別に、カタヌキを成功させたいという思いもあり、私は慎重になっていた。

ふと、他のみんなはどうやっているのだろうと思い、隣の子供を見て、私は固まった。

全く知らない子供だった。

近所の神社だし、同じ学校の誰かだろうと思っていただけに、その衝撃はなおさらだった。

気まずさを感じて、視線を前に移した。すると果たして、こちらも知らない子供だった。

作業に没頭しているようで、うつむいた顔ははっきりと分からない。

それでもこの子供が自分の知らない人間であることは、雰囲気で感じ取ることができた。

それは何ともいえない古臭さだった。

着ている服も髪型も、どこか古い。みな黙々とカタヌキに向かっているが、裸足であったり、ランニングシャツを着ていたり。坊主頭の子もいれば、おかっぱ頭の子もいた。

テレビで観た昔の映像、そんな感じがした。そしてそれは、他の子供たちも同じだった。

急に疎外感を感じ、不安になった。

もしかすると自分は知らない場所に来てしまったのではないか、そう思うのだが、参道の方を見ればこの神社が慣れ親しんだ場所なのだと再認識できる。祖父と一緒にいつもと同じ道を歩き、ここまでやってきた記憶もはっきりとある。

ただ、周りの子供たちを見ていると、どうにも知らない場所のような気がして落ち着かない。

早く終わらせて祖父がいる場所に戻ろう。

私は針を握り直し、ようやく最初のひと削りをした。しかし、端の方を削ったつもりが、どういう訳かカタヌキの板は真ん中から真っ二つに割れてしまった。

「あ、残念。また来年来てね」

声の方を見ると、店主は体も顔も、こちらに向けることなくそう言った。やはり子供のような声だった。

ありえない。脆《もろ》すぎる。何か細工がされていたのかもしれない。私が再び視線を戻すと、カタヌキの板も針もどこにも見当たらなかった。そんなに早く回収しなくてもいいじゃないか。

もうすっかり、やる気は失せていた。弟に声をかけて帰ろうとしたが、彼はもう信じられないほどに没頭している。

しばらく弟のカタヌキを見ていたが、あまりの静けさが嫌になり、私は屋台を離れようと立ち上がった。

前かがみになって、膝についた土を払う。手にチクチクとした草があたり、またムズ痒さを感じた。同時に、気持ちの悪い風が両脚の間を吹き抜けた。嫌な鳥肌が立つ。

最後にもう一度弟を見るが、やはり没頭したままだった。私はいよいよ諦めて、祖父の元へと歩き出した。

立ち並ぶ屋台が眩しいほどに明るい。それを見ていると、妙な安心感と懐かしさを覚えた。まるで久しぶりに帰ってきたような気持ちだ。祖父を見つけると、走り出したくなった。

束の間、どん、という音が鼓膜に響いた。毎年あがる、ささやかな打ち上げ花火だ。

等間隔で小規模な花火が爆発し、どん、どん、どん、と衝撃が真っ黒な空に溶けていく。その度に社殿や周りの木々が一瞬だけ照らされる。あちこちから、おー、とか、わー、とかの歓声が上がった。

参道の人々が花火を見上げている。カタヌキの屋台を見ると、弟も花火を見上げていた。体勢はそのままで、首だけをひねって空を見ている。

「今の花火すごかったな」と声をかけようと近づいて脚が止まった。

自分の意志で止めたのではない。これはあきらかに、体からの拒否反応だった。

花火が爆発する、その一瞬の閃光に照らされた弟の脚もとに、無数の黒い手があった。

カタヌキ台の下にぎっしりと詰まったそれは、弟の脚に絡みつくようにしてグネグネと動いている。花火が爆発するたびにギュッと縮こまり、すぐにまた動き出す。

見ると、他の子供たちのところには何も無い。弟の周りだけが、黒い手で埋め尽くされていた。ところが、弟は全く気づいていない。

ひときわ大きな花火が炸裂して、あたり一面が昼間のように明るくなった。瞬間、カタヌキ屋台の主人の後ろに長い影が伸びた。

しかし、それは影ではなく、黒い巨大な手だった。

私はすぐさま踵を返して祖父の元に走った。知り合いと話していた祖父を無理やり引っ張って境内から出る。石段を全速力で駆け下りた。祖父が何かを言っていたが、それどころではない。あの大きな手がいまにも追ってきそうな気がして、足を二、三度踏み外しながら降りきった。

背中にはべったりとした冷たい汗が張り付いており、自宅に付くまでの道中は生きた心地がしなかった。何度も背後を振り返り、祖父と離れない最低限の距離を保ちながら早歩きで帰った。

その夜は、あの手が家まで来るのではないかという妄想にかられて中々眠ることができなかった。弟がいつ帰ってきたのかも分からない。

それからしばらく弟のことが心配だったが、とくに変わったことは無かった。

脚に変なアザができたりもしていないし、身内に不幸が起きたりもしない。弟はごく当たり前に夏休みを満喫していた。

あのカタヌキ屋台のことも覚えていた。確かに薄暗い場所だったが、黒い手などは見えなかったそうだ。カタヌキはきれいに成功したという。

もしかすると、あの夜見たものはすべて私の思い込みで、暗く不気味な雰囲気に飲まれてしまっていたのかもしれない。屋台は本当に町内会の低予算な屋台であり、黒い手に見えたものもただの下草だったのかもしれない。

——というような話を、おれはYから何度も聞いている。

しかしおれの知る限り、地元には縁日を開くような神社は無いし、このYの弟とされるSに関しても、おれは見たことも聞いたこともない。Yの祖父は戦争で亡くなっているはずである。

気になるのは、数年前にこの話を聞いた時、Sという人物はYの親戚として登場していた。その年は、おれの祖母が亡くなったのではっきりと覚えている。

さらにその前は隣町の友人と言っていたような気がするし、初めてこの話を聞いたとき、Sという登場人物はいなかったような気がする。

冒頭でも言った通り、この話は何度もYから聞いている。話の筋は概ね同じなのだが、聞く度にSという人物の関係性だけが、少しずつYに近づいているのだ。

得体の知れないSという人物は、なぜYに近づいてくるのか。それともYが自分から近づいているのか。おれには分からない。

八脚《ヤツアシ》、九重《ココノエ》、十指《トオノユビ》

執筆　孫野ウラ
原案　けっき

十塚《とづか》怜以子《れいこ》の訃報が届いたのは、ちょうど、彼岸花が咲く頃だった。

喪主の名前は十塚由布子《ゆうこ》。彼女ら双子の姉妹とわたしは、従姉妹《いとこ》同士である。従妹《いとこ》とは住処《すみか》も歳も離れていたから、顔を合わせたのは、彼女らがまだ小学校にも通っていなかった幼い時分の一度だけだ。

そのときも葬式だった——。

両親が亡くなったということを、幼い彼女らは理解していたのだろうか。叔母夫婦は交通事故で突然にこの世を去った。そんなことも知らぬようにきゃらきゃらと笑いながら参列者の隙間を縫って駆け回る双子の姉妹に、わたしは憐れみよりも嫌悪に近い感情を持った。そんな風に感じるべきではないと、幼い彼女らは何も理解していないのだと思いながらも。

親戚の誰も彼女らを叱ることもなく、見えていないかのように無視していた。なぜだろうか。

その場にいた誰もが、彼女らに関わることを恐れているように見えたのだ。

一人だけ喪服ではなく中学の制服を着ていたわたしは、少々目立っていたのかもしれない。目で追わないように気をつけていたにも関わらず、姉妹はそのうちわたしを挟んでくすくすと笑いながらおしゃべりをし始めた。とうとう祖母が立ち上がり、二人の腕を掴んで部屋から引きずり出した。姉妹がわたしのセーラー服の襟を離さなかったから、わたしも一緒に部屋を出ることになった。

——申し訳ないけれど、この子たちを見ておいてほしい。

祖母に深々と頭を下げられ、子供だったわたしは動揺した。大人が子供に懇願している。わたしは祖母の頼みを断れなかった。その日は葬儀にはろくに参加しないまま、双子の見張りを務めることになった。

姉妹はそれぞれわたしの右手と左手を握り、薄暗い日本家屋の中を案内してくれた。幼い子供の手だというのに、妙にひんやりとしていたことを覚えている。

＊＊＊

両親は後見人として一足早く十塚《とづか》家に向かっていた。自家用車を持たないわたしは、都心から列車を乗り継いで現地へ赴《おもむ》く。

喪服を着るのははじめてだ。祖母が亡くなったときには、怪我で入院していたわたしは葬儀には出られなかったから。

二両編成の列車から降り、父に教わった左右にお地蔵さまが並んだ細い路地へ入る。高い壁と生垣に挟まれたじめじめとした道だった。指示がなければ通ることはしなかっただろう。

人ひとり歩くのがやっとの細さの道には蜘蛛が巣を作っていたらしく、腕に当たった糸の感触に、わたしは鳥肌を立てて喪服に包まれた二の腕をこする。

薄暗い道をそのまましばらく歩くと視界が開け、目の前に田園風景が現れた。

吹く風には刈り取られた草のにおいが混ざっている。

わたしは彼岸花で真っ赤に染まった畦《あぜ》を眺めながら歩いた。

空の青と、彼岸花の赤。進むに連れ視界にぽつぽつと白い色が混ざってくる。白い彼岸花だ。

赤と白。紅白。おめでたいような配色だがわたしの気分は沈んでいく。

足早に進む。赤。赤、赤、白、赤。赤。赤、白、白。赤。白。白、白、赤と白。――白。

十塚の屋敷が見える頃には、辺りの彼岸花はすべて白色に変わっていた。

骨を敷き詰めたかのように幾重にも白く囲われた、古い大きな日本家屋。

白と黒の鯨幕《くじらまく》が取り付けられた姿しか見た記憶がない立派なお屋敷へと、足を踏み入れる。

＊＊＊

木でできた古い家は、どこもかしこも濡れたような黒に光っていた。中学生のわたしは、幼く愛らしいはずの従妹たちに挟まれたまま屋敷中を連れ回される。

「こっちがおばあちゃんのお部屋」

「おじいちゃんがいるときは二人部屋だったんだって」

「私たちも二人部屋なの」

彼女らに少しも親しみが湧《わ》かなかったのは、終始二人でくすくすと笑い合い、手を繋いでいるわたしに興味があるように見えなかったからかもしれない。あるいは、楽しげに笑っているのにどこか遠い黒々とした瞳が、わたしとは違うものを見ているかのようだったせいだろう。

「こっちはお母さんとお父さんのお部屋」

「もうどっちもいない」

「いないねえ」

くすくすと笑いながら、歌うような妙な調子で姉妹は囀《さえず》る。

部屋の並ぶ順ではなく、姉妹が思いつくままにあちらこちらへと振り回された。

襖《ふすま》で仕切られているだけなので、ほとんどの部屋は繋がっている。ぐるぐると連れ回されると自分がいまどこにいるのかがわからなくなっていく。

近づいたり遠ざかったりする読経で、大人たちがいる部屋との距離を測るのが精一杯だ。

囁くような笑い声が、ふいに途切れる。二人の声が重なった。

「ここが中庭」

甲高く澄んだ声とともに、目の前のガラス障子が開け放たれ、わたしは息を呑んだ。

さして広くもない苔むした空間に、平屋建ての屋根よりも高い木が植えてある。艶やかな灰色の樹皮。桜だろうか。春だというのに花はなかった。芽吹きの気配も。

そして——彼岸花が。

真っ白い彼岸花が、枯れ木の根元に咲き誇っていた。

わたしは植物には詳しくない。

だけどこれは、——これは、秋の花ではなかったか。

呆然とするわたしを、くすくすくす、と甘ったるい声が笑う。

「キレイでしょ?」

「キレイだよね」

両脇から腕を揺すられて視界がぐらぐらする。枯れ枝に遮られ、中庭に届く光は鈍い。それでも薄暗い屋敷の中、真っ白い花は淡く光って見えた。

すらりと伸びた茎。放射状に広がる細長い花びら。わたしはこの花が苦手だ。花の大きさのわりに細い花弁が、なんだか蜘蛛の手足に似ていて、好きになれない。

「みんな、お家の中でここがいちばん好きなの」

そうしてわたしは気づく。

自分の腕を掴んでいる幼い手。妙にひんやりと白いそれらが薄暗闇の中で巨大な蜘蛛のように見えて、わたしはこの少女たちを気味悪く感じてしまうのだ。

＊　＊　＊

十年以上ぶりに再会した少女にかつての笑顔はなく、大人びて、顔立ちさえも別人に見えた。

双子の妹を亡くしたのだから当然だ——とは思えなかった。

——静謐《せいひつ》。

まばたきと呼吸さえ、人を模しただけの仕草に見える、温度のなさ。

何よりもその、真っ白い髪。

雲のように白く、絹糸のように繊細な、けれども朽ちた人形に覆い被さる蜘蛛の巣のようにも見えるそれ。薄暗闇の中で咲いていた彼岸花と同じ色の。

何年も前に大病から一命を取り留めたあと、髪が白くなってしまったという話は聞いていた。けれどそれは妹の怜以子の方だったはずだ。以来、彼女は体が弱くなり、亡くなったのもそのせいだと。

「………由布子ちゃん……？」

まっすぐ背筋を伸ばして座っていた少女は、わたしの呼びかけに反応して視線をあげた。

遺影に収められているのとまったく同じ温度のない顔と、白い髪。

「……この度は……」

ご愁傷さまです、というお決まりの言葉は口の中で形にならなかった。どうしてわたしはいつも、この言葉を軽口として使ってしまっていたのだろう。そのせいで、肝心のこの場面に相応しい重みを持たせることができそうにない。

口籠《くちご》もって頭を下げたわたしに、ありがとうございます、と淡々と声が返る。

「一ノ瀬《いちのせ》和葉《かずは》さんですか」

「あ、はい」

「ご両親にお世話になりました。ありがとうございます」

澄んだ声がなめらかに言った。

感謝の気持ちどころか、一切の感情をうかがわせない声だった。温度がない。聞き取りやすい抑揚を付与しただけの、機械音声のような。

白い髪。白い肌。対照的な真っ黒い瞳。瞳孔と虹彩の区別もつかない漆黒。いや、漆《うるし》なら光を弾く艶がある。従妹の瞳は、涸れ井戸の底を覗き込んだような暗黒だった。

——この子は誰だ？

胸の底から浮かび上がった疑問に狼狽する。彼女は十塚由布子だ。わたしの従妹。両親も双子の妹も亡くした可哀想な少女。

……可哀想？　はたして本当に？　わたしの心はすでに断じている。

・・・・・・・・・・・

この子は少しも悲しんでなんていない。

くすくすくす、と耳の奥で幼い声が笑う。わたしを挟んで笑い合っていた彼女らの、どちらが怜以子でどちらが由布子であったのか、わたしは知らない。

——この子は何だ？

ざわざわと背筋が泡立つ。どうしてだろう。悲しみが表に出ないひとなんて珍しくもないだろうに、どうして彼女の黒い目はこんなにも不安を煽《あお》るのだろう。

瞳が、ふとわたしの腕を見た。

細い指が伸びてきて喪服に触れる。袖口から、何かを摘み取る。

「糸がついていましたよ」

「あ……あり、がとう」

ああ、そうだ。なんだかこの子は、妙にまばたきが少ないのだ。見つめられると、昆虫と目を合わせてしまったときのような心地がするのだ。

十塚由布子は頓着なく指で摘んだ物を空中に放り捨てた。わたしの目には、何も見えない。動かないわたしを見上げて、少女はくきりと首をかしげる。真白い髪がさらりと肩からこぼれた。キレイだ。だけどやっぱり、わたしは、この子のことが好きになれない。

「……和葉さん。どうぞ座ってください」

うながされて我に返る。由布子の隣には後見人である父が座るはずだ。わたしは彼女から二人分の間を取って席についた。本当は、部屋の隅に逃げてしまいたかった。

ちらりとうかがった横顔は際立って白い。遺影と同じ顔が棺を見ている。整った顔だ。整っているだけの顔。何もない真っ白の顔。どう見たって人間なのに、もはやわたしには、どうしても彼女がヒトには見えない。

　群生する白い彼岸花は地下の球根で増える花だ。

　つまり、隣り合って咲くあれらはすべて、まったく同じ花なのだ。

「ね、由布子ちゃん。……中庭の彼岸花、まだ咲いてる？」

「ええ」

　ぱちり、と黒い瞳が緩慢にまばたく。

「私たち、あそこをいちばん大切にしていますから」

　少しも空気を震わせない、温度のない声で、そう答えた。

　膝の上に揃えられた細い指が、喪服の黒に嫌に映《は》える。

　子供の頃と同じにそれはやはり巨《おお》きな蜘蛛を思わせて、その静謐で不吉な佇まいに、わたしは目を逸らせないのだ。

緑のブラウス

石川織羽

「子供の頃、母親に連れられて、都内の動物園に行ったんだよ」
あの日、俺をアパートの一室へ呼びつけた友達は、そう話し始めた。
動物園で何を見たかとか、そういう詳細は覚えていない。でも鮮明に記憶している事があるのだと。

友達が幼稚園児だった頃、連れて行ってもらった動物園の帰り道、最寄りの地下鉄の駅へ向かう途中での出来事だったという。友達は母親に手を引かれ、地下へ続く階段を降りていた。時間は昼間。ただ、古い駅なので天井も低く、薄暗くて黴《かび》臭い。小さな子供だった友達には、まるでトンネルのように感じられたという。そんな古い地下通路の左側に『奇妙な女』がいた。

女は薄汚れたコンクリートの壁に、背中をぴったりと張り付けて、直立している。しわくちゃの緑色のブラウスに、花柄の赤いスカートで、下駄を履き、右手に買い物袋らしき布の鞄《かばん》を提げていた。幼稚園児の友達には、大人の女性の服などわからない。でも、お祭りの時にしか履かないと思っていた下駄を履いているのが不思議で、思わず女を見てしまった。

女は壁に背を付けて首だけを前へ突き出し、一人でゲラゲラ笑っている。真っ赤な口紅を塗りたくった口を限界まで開き、頭を上下に細かく振りながら大笑いしていた。声は一切、発していない。異様さに、友達は怖くなって母親を見上げた。しかし母親は無反応。というか、進行方向にいる奇妙な女の存在に、全く気付いていない感じだった。それは他の通行人も同様であり、素通りする人々の前で、奇妙な女が白目をむいて笑い続けているのだ。友達は混乱し、ますます怖くなったが、そっちへ行きたくないと母親に訴えることも出来ない。ただ、笑う女の前を通り過ぎる時、咄嗟《とっさ》に下を向き、必死で目を瞑《つむ》った。

結果、何も起こらなかった。

奇妙な女の前を過ぎて通路を曲がる時、友達は恐るおそる先ほどの場所を見てみた。笑う女は、姿を消していた。

『何だったのかな……？』

そう思ったものの、母親には言いそびれて家へ帰った。

帰宅して安心した友達は、いつも通りアニメやゲームに熱中し、奇妙な女のことはすぐに忘れてしまった。母親も、家事や夕飯の支度で忙しい。そうして、もうすぐ夜になろうかという時刻になった。

――ピンポーン。

玄関のチャイムが鳴った。

台所にいた母親に「今ちょっと手が離せないから出て！」と言われた友達は、「はーい」と答えてテレビの前を離れ、背伸びをしてインターホンのモニターを覗いた。

そこに、あの女がいた。

緑色のブラウスを着た女が、白目をむいて頭を上下に振り、真っ赤な口を開いて笑っている。

友達はモニターに釘付けになったまま悲鳴を上げた。異変に気付いた母親が、「どうしたの？」と血相を変え駆け寄ってくる。母親はモニターの中で笑う奇妙な女を見て、顔を顰《しか》めた。

「え？　誰、この人……？」

呟き、通話ボタンを押す。

でも地下道の時と同じく、笑う女の声は聞こえない。友達が両手で母親にしがみついていると、一分ほどでモニターは自動的に真っ暗になった。するといきなり、母親が友達の手を払いのけた。そのまま黙って玄関へ続くドアを開け、リビングを出て行く。友達は呆気にとられながら、母親が戻ってくるのを待った。

しかしいくら待っても母親は戻って来なかった。五分経っても、十分経っても戻らない。そこまで広い家ではないので、玄関から少しは話し声がしても良さそうなものだが、何ひとつ聞こえてこない。待ちきれなくなった友達は、そっとリビングのドアを開けた。

正面に見える玄関のドアは、全開になっていた。そこにはあの笑う女も、母親もいなかった。外まで出てみたが、やはり誰もいない。母親のサンダルだけが無くなっていた。

「お母さんがいなくなった！」

友達は火がついたように泣き叫んだ。聞きつけた近所の人達が集まってきて、警察に連絡をしてくれた。父親も仕事先から飛んで帰って来る。大人達に事情を聴かれた友達は、家に来た奇妙な女や、母親が玄関へ行ったことを話した。とはいえ、幼稚園児の話しだ。大人達がどこまで本気で取り合ったのかはわからない。

友達の母親は、それきり行方不明になってしまった。誘拐や連れ去りではなく、『失踪』の扱いになった。というのも、近所の防犯カメラに、一人で走り去る母親の姿が映っていたのだ。確認のために、友達も映像を見たという。コンビニの出入口に設置されていた、防犯カメラ。その薄暗い画面の隅に一瞬映っていたのは、画面の右から左へ、たった一人、猛スピードで走っていく母親の後ろ姿だった。服装も髪型も、間違いなく母親のものなのだ。あの奇妙な女が来て、母親は玄関へ向かった。そこで何かがあって、大急ぎでどこかへ走り去ってしまった。おかしな話だが、そうとしか説明がつかない。

もちろん友達は納得出来なかった。父親は人探しの専門家に捜索の依頼もした。しかし、母親の行方や手掛かりは何ひとつ掴めなかった。表向きには母親を病気で亡くしたことにして、二十年近くが経過した。友達は、自分のせいで母親が失踪してしまったと思った。後悔と寂しさで、何度も心が折れそうになったという。それでも父親や親戚、近所の人達の支えもあり、今までどうにかやってきた。何より友達は、望みを捨てていなかったのだ。いつか母親が無事に保護され、会える日が来ると信じていた。

そしてあの日、ついに友達は『失踪』した母親に会ったというのだ。

俺のところへ、連絡が来た。

友達が自分のアパートに、「とにかく来てくれ」と言う。普段は落ち着いているのに、何だか取り乱した様子だったので、俺は心配になりアパートへ向かった。駅近の小さなアパートで友達は彼女と同棲していたのだ。結婚を意識していたようで、少し前には「同棲をすることになった」と浮かれ気味に話していた。

俺が到着すると、玄関ドアが少しだけ開いている。「あれ？」と思いつつも、「おーい」と声をかけて金属製のドアを開けた。入るとすぐにダイニングキッチンになっていて、奥にはもう一つ部屋がある。キッチンの真ん中で、友達が尻もちをついた格好で座り込んでいた。両手で頭を抱え、蹲《うずくま》っている。部屋は片付いており、カレーの匂いがした。

「どうしたんだよ？」

「閉めるな！　ドア閉めるな！」

後ろ手にドアを閉めようとしていた俺へ、友達は真っ青な顔で叫んだ。明らかに様子がおかしい。状況を把握するためあれこれ尋ねる俺に、友達は血の気の引いた顔でぽつりぽつりと語り出した。それが、子供の時に駅で出遭った奇妙な女と、母親の失踪の話だったというわけだ。

そして――。

「今そこで、彼女と動画見てたらさ……」

虚ろな目をした友達は、誰もいない水色のソファーを指差した。

彼女は動画撮影が好きで、ほぼ毎日投稿していたそうだ。この日も短いダンス動画を投稿していた。それを微笑ましく見守りつつ、友達は台所でカレーを作っていた。すると、ソファーに座ってスマホをいじっていた彼女が、急に小さく悲鳴を上げた。

「ねえ、これ何だろう?」

振り返った彼女は、怯《おび》えた表情を浮かべて友達を呼んだ。一緒にスマホを覗くと、そこには彼女が投稿したばかりのダンス動画が流れている。十秒ほどの動画には、いくつかのコメントが寄せられている。ただ、どれもがダンスへのコメントではなかった。


『後ろの人、誰ですか?』

『ちょっとヤバそう』

『変わったエフェクトですね……』


画面の中央には、洋楽に合わせてダンスをする彼女。右側には、隣の部屋が少しだけ映っている。その奥に、知らない女が映り込んでいた。白目をむき、真っ赤な口を限界まで開いて笑う知らない女。いや、友達はその女を知っていた。

失踪した母親だった。そして、緑色のブラウスを着ているように見えたそうだ。

「編集した時は、絶対こんなの映ってなかった！」

彼女は涙ぐんで言い張り、怯えていた。友達はそれ以上にパニックになりそうだったが、懸命に堪《こら》えて「誰かがアカウント乗っ取って、加工したんじゃないか？」などと適当に言い、彼女を落ち着かせていた時だ。奥の部屋で、ガラッと窓を開ける音が聞こえた。二人とも固まった。

「ここを動かないで」

青褪《あおざ》めている彼女にそう言い、友達は立ち上がった。武器になるものは何も無かったため、せめていつでも殴れるように拳を握り締めて、音がした部屋へ飛び込んだ。だが奥の部屋は空っぽだった。窓にはしっかりと鍵が掛かっている。

『じゃあ、あの女は……？』

拍子抜けして、友達は振り向いた。

すると、ソファーにいたはずの彼女がいない。慌ててキッチンへ戻ったが、やはり彼女の姿はどこにも無い。財布やバッグは残っているけれど靴は無く、玄関のドアが全開になっていた。

ここでとうとう心の糸が切れた友達は半狂乱になり、俺に連絡を寄越してきたのだ。

「動画も履歴も全部消えてるし、何なんだよ……！」

そう言って頭を抱え、何度もスマホを確認している。

笑う女が映り込んでいた動画は、彼女のアカウントごと消えていた。


ひとまず俺は友達を宥《なだ》め、警察に連絡をさせた。厄介なことになったものだが、混乱して憔悴《しょうすい》しきっている友達を放置してはおけない。

こうして俺の不幸な友達は、母親に続いて彼女まで行方不明になってしまった。彼女の場合は付近の防犯カメラなどにも映っておらず、目撃証言も全く無かったらしい。警察には、犯罪や事件性は無いと判断されたが、友達は彼女の親ともめたりして、色々大変だったようだ。

気の毒だと思いはしたものの、どうすることも出来ない。友達とは連絡が途絶えがちになり、別の知り合いを通じて「体調を崩して実家へ戻った」との噂を聞いたのが、半年ほど前だった。


それが、今日。

残業を終え、どうにか終電に間に合った俺は、一人で夜道を歩いていた。自宅までは徒歩で十五分ほど。途中に、ボロい一軒家が建っている。廃屋とまでは言わないが、長年人が住んでいる気配は無いので、たぶん空き家だろう。この家の一階の窓に、煌々《こうこう》と灯りがついていた。珍しい。誰かが引っ越して来たのだろうかと、通り過ぎざまに、明るい光の漏れる窓へ目をやった。

一階の掃き出し窓には、白いレースのカーテンが掛けっぱなしになっている。

そのカーテンの向こうに、緑色のブラウスを着た女が立っていた。

カーテンに遮《さえぎ》られて、ハッキリとは見えなかった。真っ赤な口紅を塗りたくった女が、大きく口を開いてゲラゲラと笑いながら、俺がいる道路の方を向いていた。次の瞬間、家の灯りがパッと消えて真っ暗になる。俺は逃げるのも忘れてしばらくの間、夜道で一人凍り付いていた。それ以上は、何も起こらなかった。まだ何も起こっていない。

しかし俺はあれを見てしまって以来、不安で怖くて仕方ない。

いつの日か俺の身近で、あの不幸な友達と同じような、何か取り返しのつかないことが起こるのではないか。

そんな予感で、今日も途方に暮れている。

『継承』

松岡真事

人は、少なからず先人から何かを受け継いで生きていく。

たとえば、財産。たとえば、技能。たとえば、生きる姿勢。

それは好むにしろ、好まざるにしろ。

意識的であるにしろ、無自覚であるにしろ。

全面的にしろ、部分的だけにしろ。

……脈々と、子々孫々、もしくは他人から他人へ『継承』されていくものなのである。

それが、人というものなのかも知れない。

『継承』とは、人と人との営みなのかも知れない。

あまりに当たり前のことなので、誰もが知らぬうちに行っている『継承』という行為。

それを、もし、明確な形で突き付けられ。ある事柄を「継ぐか」「継がないか」の二者択一を迫られたとしたら――。

「私のお祖母ちゃんの話です。いや、お祖母ちゃんの家の庭にまつわる話、かな」

沙恵子さんのお祖母さんは、御年《おんとし》八十八歳になる。元美容師で、それから小料理屋の女将《おかみ》になったという珍しい経歴の持ち主だ。

そして着物好きの着道楽《きどうらく》。お化粧も上手で、沙恵子さんは小さな頃からお祖母さんの化粧姿や着物の着付けを眺めているのが大好きだった。

「家庭の都合で幼い頃からそんな祖母に育てられたんです。影響は強く受けちゃいましたね」

凛とした、独特の魅力を有する女性。

そんなお祖母さんは、同時にやけに勘の鋭い人だったらしい。

いや。勘が鋭いというより、それはむしろ超能力に近いものであったようで。

——事例をひとつ。

沙恵子さんが小学校低学年の時のこと。

ある日彼女は、大切にしていた香り付き消しゴムを無くしてしまった。

当然ションボリして帰宅すると、お祖母さんが顔を合わせるなり「消しゴムは〇〇ちゃんの筆箱の中にあるよ」と当たり前のように同級生の女の子を名指ししてくる。

沙恵子さんは、ハッとした。○○ちゃんとはその時、些細《ささい》なことで喧嘩をしていたのだ。

「○○ちゃん、あたしの消しゴム、盗ったの？」

「向こうだけ悪人みたいにお言いでないよ。そもそもあんたが○○ちゃんと喧嘩なんてするから悪いんだからね！」

今度は喧嘩をしていたことまで言い当てられ、更には気《き》っ風《ぷ》の良いお叱りまで頂いてしまった。

（お祖母ちゃん、すごすぎる！）

ぐうの音も出なかったという。


また、その能力が隔世遺伝したものか。沙恵子さん自身も、小さな頃から「見えたり聴こえたり」は日常茶飯事だった。

「高校生の時、自室で試験勉強中に、突然背後から男の人の声で話しかけて来られたりとか……うちは女ばかりの家庭だったんで、明らかにおかしいんです！　もっと小さい頃だと、地元のお祭りで遊んでいた子が、学校にはおろか町内にも存在しない子だったこともありますね。あ、人が亡くなったお部屋で、小さい百鬼夜行を見たこともありましたよ。妖怪が行列作ってパレードするやつ。あれの ミニチュア版」

——これらも、ある意味すごい。

一方、彼女のお母さんは看護師であり、こちらは一転して現実主義者。「ナースが病院で体験した怖い話」と言えば怪談の鉄板でありそうなものだが、そのような心霊エピソードもまったく無いような方だったそうで。

沙恵子さんが「また変なもの見ちゃった」と打ち明けても、「そんなのあるわけないわよ！気のせい、気のせい！」その一点張りだった。

——そうかも知れないなぁ、と。素直な少女であった沙恵子さんは、おかしな体験をしても大概は「気のせい」を貫いてやり過ごすようになっていった。おかげで精神衛生的には、すこぶる宜しかったようである。

「……それでも、奇妙な現実を認めなくちゃならない出来事ってあったんです。ここから、昔、お祖母ちゃん家に生えてた〝木蓮《もくれん》さん〟に繋がるんですが」


平成の始め頃の話である。

お祖母さんの家の北側裏手には大きな庭が広がっており、そこには春夏秋冬を折々に感じさせてくれるたくさんの木々が植わっていたという。

庭を見やれば真っ先に、柊《ひいらぎ》と石榴《ざくろ》の木が目に飛び込んでくる。それより向かって西側には、手前より数本並びの配置で南天《なんてん》、榊《さかき》、百日紅《さるすべり》、李《すもも》、木蓮、金木犀《きんもくせい》が。同じく東側には梅、無花果《いちじく》、月桂樹《げっけいじゅ》、山椒が それぞれ絶妙な間隔で土に根を生やしていたというから、ほとんど壮観である。

お祖母さんは、よくこの裏庭を眺め「天気を占って」いた。

前述した通り 着物好きだったお祖母さんにとって、雨は何よりの天敵なのだ。もし濡らして後々のケアを怠ると、最悪の場合、水シミが生じて二度と着られなくなってしまう。

「裏庭をチョイと眺めて『今日は大丈夫だ』『今日はお着物やめとこう』と決める祖母の姿を見て、『何で裏庭を見たら天気がわかるの？　テレビの天気予報でもないのに？』って、ずっと不思議に思ってました」

「裏庭じゃない、木蓮さんを見てるんだ」と教えられたのは小学生の頃。

『木蓮さん』は、先にも述べた通り裏庭に屹立《きつりつ》する古い木蓮の木である。

一見すると枯れ木のよう。この話を沙恵子さんに伺った時「そう言えば葉っぱが一枚も無かった」と思い出したように話したので、当時もう既に枯れかけていたのかも知れない。

「お祖母ちゃん。今日は和服、着ないの？　あたし、お祖母ちゃんのお着物姿とか、珊瑚《さんご》やオパールの帯留め、だーい好きなのに」

「ダメダメ。今日は雨。木蓮さんも教えて下さってるだろ？」

そうは言われても、沙恵子さんの目には木蓮さんはただの枯れかけた木蓮にしか見えなかった。

そのくせ、お祖母ちゃんが「今日は雨」と言った日には必ず本当に雨が降るのだ。

——どうにも不思議だったという。


日々は過ぎ、沙恵子さんは小学校四年生となった。

根っからインドア派の少女に育ってしまった……と苦笑される沙恵子さん。そんな小学生にとって、好ましからぬイベントが日に日に近づいてきていた。

〝運動会〟である。

「中止になってくれないかなぁ、っていつも考えてましたよ、ホント」

心に想うだけでは飽き足らず、沙恵子さんはそのことをお祖母さんに愚痴《ぐち》った。何で運動会なんてあるんだろう？　今年だけでもナシにならないかなぁ、と。

すると、

「——そんなにイヤかい。それなら、木蓮さんに訊いてみな」

お祖母さんは、そう促してきたという。

思わず庭の方へ目をやる沙恵子さん。

しかし、相変わらず木蓮さんは枯れ木の趣《おもむき》だ。

「何もないよ?」と正直に言うと、「なら仕方ない」お祖母さんは家の冷蔵庫の中から鶏肉を出して来た。

鶏肉。

おそらく、今日の夕飯のメニューになるべき崇高《すうこう》な存在だ。

(唐揚げかな)

もしそうなら、大好物である。

ゴクリ。沙恵子さんが生唾を飲んだところで、「よし。木蓮さんトコに穴を掘りな」と。お祖母さんは、事もなげにそう言った。

えっ、穴?

「肉を埋めるんだよ。運動会、中止にしたいんだろうがね?」

わけがわからなかった。わけがわからないまま、指示通り木蓮さんの根元に穴を掘った。そして、鶏肉を埋める。

「……埋めちゃった」

「ああ、そりゃ埋めるさね」

何であろうか。名状しがたい喪失感が生まれた。

が、一方のお祖母さんは孫娘のそんな表情を尻目に、何やらムニャムニャと地面の穴に向かって呪文のような言葉を唱えていた。

これが何になるんだ。沙恵子さんはふてくされた。

ちなみに夕飯は焼き魚だった。

何となくまたガックリ来た。

――翌朝。

運動会の当日、それを好むか好まざるかに関わらず、子供達は早起きをする。

当日の午前六時に、運動会が無事に開催されるならば〝ドーン！〟と盛大な花火が打ち上げられるのである。逆に、中止であるなら何のサインも無い。それを確認する為、沙恵子さんも早起きをしていた。

昨日は大切な鶏肉まで捧げたのだ。何が何でも、自分の願いが叶って欲しい。

うずうずしてきて花火の音だけを確認するのもじれったくなった沙恵子さんは、堪らず裏庭の方へ出てみた。午前五時三十分過ぎ、まさに早朝のことであった。

「そのとき、見ました」

木蓮さんの、死にかけともいえる枝々が。鮮やかに真っ赤、美しいという言葉も陳腐に思えるほど鮮烈な花弁に彩られていた。

花盛りである。

それまで葉っぱの一枚も見なかった木蓮の木が、赤々と染まっているのである。

庭には、薄い靄《もや》のようなものが立ちこめている。こんな様相の裏庭は初めてだ。初めてではあったが、それがまた幼心に、妖しくも、こころよく思えた。

直後、

「あっ、雨！」

しとしとしとしと。空から雫《しずく》が降り注いだ。そしてだんだんと雨脚《あまあし》を強めてゆき、結局午前六時を過ぎても開催の花火は上がらなかったのだ。

沙恵子さん、小躍りして大歓喜。

「……まぁ、ぶっちゃけ言いますとね。運動会自体は、結局開かれたんですよ。ハイ、体育館に場所を移して、ですね」

しかし開催時間自体は、実施競技が減ったおかげでけっこう短くなったらしい。そこのところは感謝だという。

「木蓮さんの〝不思議な力〟ですね――」

それから長い時間を経て、沙恵子さんが大学生になった頃。

「今でも思い出せます。その日もお祖母ちゃんは、いつも通り裏庭を見ていました。そしたらいきなり、慌てたみたいに『あらあらあらッ』て声に出して」

手早く箪笥《たんす》の中から喪服を出して、衣紋掛《えもんかけ》に掛けたという。

怪訝《けげん》に感じた沙恵子さんが「何だいな？」と呑気に訊くと、「何だいなじゃないよ！」と、慌てた様子のお祖母さんから結構な額のお金を直接握らされ、

「いいかい、ちゃんとお聞きだよ。学校の帰りでいい、このお金で喪服に使ってもおかしくない上等のスーツを買いなさい。きっとだからね」

そうハッキリ言われた。

キョトンとなる。

ふだん、お祖母さんからお小遣いの類いなど貰った試しが無いのに。

（きひひひ、しめしめ。何だかわかんないけど、こりゃ臨時収入じゃん。パーッと使っちゃおうかしらん！）

――そう思った瞬間。パシッ！と頭を叩かれた。

「痛っ！」

「痛っ、じゃない。早く庭に行きな。今ならきっと、あんたにも見えるだろうから」

それこそ「何だいな」と思った。思いながらも、裏庭の方へ行ってみた。

――視線が釘付けとなった。

〝木蓮さん〟に。また、咲いていた。

花、ではない。

花が咲くように。咲き誇っているかのような勢いで、
数え切れぬほどの〝人間の手首〟が、木蓮さんの枝々を、たわわに埋め尽くしていたのだ。

みな涼しいほどに、青白い。てのひらが花になっている。

それが、ゆらゆらと手招きをしていた。てんでバラバラの、何の秩序も無いタイミングで、無辺無数のてのひらが、ガムシャラな「おいでおいで」をしていたのである。

沙恵子さんは、それを直視した。まざまざと見た。そして――。

「あはははははははは！」

何故か、大爆笑してしまったというのだ。

「お祖母ちゃん、手首いっぱい見えたよ！　何かおっかしー。ヘンな動きー」

孫娘が腹を抱えながら木蓮さんを指さす姿に、お祖母さんが何を思ったかは定かでない。

しかし、

「明日はお通夜。遊ばずにちゃんと帰って来な。夕方過ぎだよ。交通事故だからね」

そう矢継ぎ早に浴びせかけられ、沙恵子さんは毒気を抜かれてしまったらしい。

内心ヘキエキしながら、その日は学校帰りに黒いワンピースを買った上で帰路についた。

学生時代までは学校の制服で喪服の代わりを為すことが出来たので、ちゃんとした喪服（として使える衣服）を購入するのも初めての経験であった。そして、その翌日——。

「え、え、うそ」

帰宅早々、言葉をなくした。

お通夜が、本当にあったのだ。本家筋にあたる人が亡くなった、と連絡が来たのである。

お祖母さんの言う通り交通事故だったらしいが、詳細は怖すぎて訊けなかった。

（ちょっと待ってよ。あのゆらゆらした手首は、本当にこれを予言してたっていうの？）

後から色々、考えた。

初めて少し「やばい」と思ったという。

今回、沙恵子さんは、ひょんな縁《えにし》から私による『実話怪談』の取材を受ける羽目となり、そのため『木蓮さん』の詳細を伺うべく、お祖母さんと久しぶりに連絡を取ったそうだ。社会人になって、家を出ていた為である。

今まで断片的なものばかりだったが、結果としてこの出来事が発端となり、数多くの興味深い話を聞き出すことにも繋がった。

曰く。

「枯れ木の木蓮さんには、見る人が見たときに限り『予兆の花』が咲く」

「赤い花なら雨」

「（前記のエピソードでは触れられていないが）薄桃色の花なら晴れ」

「ごく稀《まれ》に手首がたくさん咲いている時もあり」

「そういう時は、人死に（多くがごく近しい近所の人か、親戚）」

——明確にまとめると、そういうことらしく。

また、ある程度ならお供え物を捧げて祈ることで、天候を操る力もある（？）ようだ。

繰り返すようだが。お祖母さんは現在八十八歳と高齢であるものの、まだまだ矍鑠《かくしゃく》とされたしっかり者のお年寄りであり。この他にも、孫である沙恵子さんの問いに応じて、『木蓮さん』について色々なことを教えてくれたのだという。

中には、あまりに感覚的でどのように取っていいかわからないものもあった。

少し引用させて貰う。

「（木蓮さんとの賢い付き合い方について）そういうモノはそういうモノなんだよ。こっちの気持ちや都合は、アレらにはまったく関係がないのさ。アレはアレの性分《しょうぶん》として、そうなる。読み取り方だって、こちらの勝手な解釈だ。わかる範囲、読める以外のことは知ったらダメ。たまに見えても、理解や解釈の範囲を超えたら、知らないフリをしな。それが、そういうモノとの付き合い方。『継ぐ』なら使い方も教えるけど、そうしないなら眺めて『フ～ン』くらいに思いなさい。あんたも知ってる通り、天気予報の代わりにはなるから。そういうモノと割り切って考えるんだよ――」

思わず邪推してしまう。
赤い花、薄桃の花、手首以外の何かが現れる事もあるという意味なのだろうか？　それを深く読み解く行為はタブーということなのだろうか？　〝継ぐ〟とは一体？

――さて。
ここまでお付き合い頂いた方々に、衝撃の事実を告げなければならない。
不思議な不思議な、お祖母ちゃん家の裏庭の木蓮さん。

実は現在、既にこの世に存在しないのだ。

「あー。切っちゃったとは、ちょっと前から聞いてたんですよ。根っこの方から掘り返しちゃったと。まぁ、古い木だったから遂に枯れたのかなぁくらいに考えてたんですが」

今回お祖母さんとコンタクトを取ったことで、沙恵子さんは詳細を知った。

今から十二年前のこと。

「ビックリしたねぇ。木蓮さんの枝に、今までにないくらい、いっぱいの手首が咲いていたんだからさ。こぼれ落ちそうに鈴なりだったよ……それから直ぐさ。重みに耐えきれなかったのか、木蓮さん自体がバッキリ折れちゃったんだ。そしたら、また直ぐ後に」

あの悲劇的な大震災が東日本を襲った。

お祖母さんの兄弟は福島に住んでいたので、しみじみ納得したという。

だが。話は、ここで終わらない。

「お祖母ちゃん。木蓮さん、なくなっちゃったんだね」

「ああ」

「ちょっと淋しいね」

「どうだかね。花は、まだ咲くからね」

――は？

「は？　じゃないよ。木蓮さんはなくなっちゃったけど、木蓮さんの花は咲くんだよ。今でもね」

最初に聞いたときは、「お祖母ちゃん、とうとう認知症かな？」と沙恵子さんも戦慄したというが。詳しく話を聞いているうちに、どうも、そうではないらしい事がわかった。

「木蓮さんが生えてた場所。あそこに、今でも〝あの花〟が咲くのさ。もっとも、昔みたいにいっぱい咲くわけじゃない。一輪だけだね。雨の日は赤い花。晴れの日は薄桃。そして」

人が死ぬ時には

一本の手首。

実際、二〇二三年の三月にも木蓮さんの生えていた場所には手首が現れたらしい。

そして『おいでおいで』をしたという。

その話を聞いて、沙恵子さんはゾッとした。

確かにその時。彼女はお婆さんの家から遠く離れた土地で、近所の方の看取《みと》りに呼ばれていたのである。

「木蓮さん、私の周りのことまでわかるの？　お祖母ちゃん家を出て、もう結構経ってるのに」

そう言った沙恵子さんに、お祖母さんはこう答えた。

「あれ以来、何もあげてないなら、覚えてたんだろうねぇ」

――あれ以来、とは何か。

もしや小学四年生の時、鶏肉の事か？　と沙恵子さんは直ぐに思い当たった。

しかしそれにしても、言葉の意味がイマイチわからない。

「沙恵子や。あんた、今更になってこんなこと訊いてきたってコトは、内心『アレ』が気に掛かってるんじゃないのかね。そんなら、あたしの目の黒いうちに『アレ』を継いでくれないかね。そしたら、もっと色々と役に立つことも、教えてやれるんだがねェ――」

そう。

『木蓮さん』は、〝本体〟ではなかった。

言わば、依り代。

本当にお祖母さんが予言の頼りにしていた『本体』は別に存在していて、今も木蓮さんの立っていた場所に居る。

そういうことらしい。

「継いでおくれな。ねぇ、沙恵子――」

沙恵子さんは、ちょっと悩んでいる。

『アレ』を『継承』するか否か。

お祖母さん的には、大乗り気であるらしく、何気に強く、勧められているのだそうだ。

――もし私が、なし崩し的に〝アレ〟を受け継いでしまったら。当事者の一人として、責任の一端は担って下さいね？

だって今回の取材がなかったら
『継承』のことなんて考えもしなかったんだから……。

沙恵子さんがDM《ダイレクトメッセージ》で送って来たその一文を目にして、
私は、ゴクリと冷たい生唾を飲んだ。

狂の章

壁の心臓

クラン

このあいだ会社の同僚に「一番苦手なものは何？」と聞かれて、反射的に「壁」と答えていた。我ながら頓珍漢《とんちんかん》な回答をしたものだ。案の定、同僚は不思議そうに理由を尋ねてきた。そのときは「隔たってる感じが苦手なんだ」とか「大きな壁を見上げると身が竦《すく》む」とかなんとか説明して、それ以上追求されることはなかった。

苦手なものは山ほどある。小さい頃から虫は嫌いだし、グロい映画も気分が悪くなって最後まで観られない。椎茸の食感は成人してからも克服できないままだし、高所恐怖症なので高いところに関するエピソードというか恐怖体験は有り余るほど持っている。

それなのに壁が真っ先に頭に浮かんでしまったのには、もちろん理由があるし、事実苦手なんだろう。私は今でも壁を見つめることができない。

ササキに出会ったのは大学三年次の春だ。私は都内の中堅大学の文学部に通っており、三年次には卒論を控えたゼミが必修科目となっていた。私が選択したのは文学史のゼミで、当時偏愛していた安部公房という作家の文学的系譜を卒論としてまとめるためだった。

同じゼミのメンバーに、ササキがいた。金髪のマッシュルームカットで、ひどく痩せた男である。いつもドット柄のシャツを着ていて、片掛けのバッグには缶バッチがジャラジャラついていた。澄ました顔をしていて、ゼミの初回の自己紹介では気怠そうに、好きな映画監督はゴダールで、尊敬する文学者は村上春樹と大江健三郎だと語っていたのを覚えている。

なんとなく趣味が合いそうだったので、ゼミが終わるや否や話しかけ、その場でLINEを交換した。LINEでぽつぽつとオススメの映画や小説、あるいは演劇の話を交わすうちに、後日飲みにでも行こうかという話になり、ゴールデンウィーク前にササキが行き付けにしているという高田馬場の焼鳥屋で飲む運びとなった。


高田馬場駅で落ち合った私たちは、道すがら文学談義に花を咲かせるうちに焼鳥屋に到着した。奥のテーブル席に案内された記憶がある。というのも、ササキの背後に黒くくすんだ木目の壁があり、そこに太った中年男性がビールを掲げたポスターが貼ってある光景が頭に残っているからだ。彼と飲んだのは二回きりで、どちらもその焼鳥屋だった。二回とも同じ奥のテーブル席で、常にササキが壁を背にしていたように思う。

ゴールデンウィーク前の話に戻ろう。酔いが進むなかで、幽霊を信じるかどうか、という話題になった。定かではないが、小泉八雲についてああだこうだと話しているうちに、そんな話題に転がっていったのだろう。私は信じるという立場だった。たとえば宇宙空間の暗黒物質など、目に見えずとも存在するものがある以上、幽霊なるものもあり得るという理屈である。

それに対して、ササキは断固として信じないと表明した。それらは錯覚や誤解の類であり、存在するなどとは言えない。そのような主張だったかと思う。

ではササキはこれまでの人生で何ひとつ奇妙な出来事、説明困難な事象に遭遇したことはないのかというと、そうではないらしい。

「錯覚と思い込みに過ぎない話なのだけれどね」と前置きして、彼は語り始めた。

ササキの生まれは東北の山間部で、古くは土葬文化のあった土地らしい。昭和後期になるまで、彼の故郷を含む一部の地域では、密かに土葬が残っていた。田舎町というよりも集落と呼ぶのが相応しい土地で、最近になるまでコンビニすらない辺境だという。

その地の土着信仰として、家には先祖代々の霊魂が宿るのだとササキは語った。鼻で笑うようなニュアンスも多少は含まれていたが、酔っているにしては真面目に見えた。

ササキが言うには、霊魂といっても曖昧なものではなく、極めて物理的であるらしい。目で見て、手で触れるもの。それを霊魂と名付けているに過ぎないのだと。

死者の心臓、それをもって霊魂と呼ぶ。家に霊魂が宿るとはすなわち、先祖の死体から摘出された心臓が、家の然るべき場所に埋められるのだという。

現在では行われていないが、遺灰の一部を床に埋めるだとか天井裏に撒くだとかは、どこの家庭でもやるらしい。霊魂への信仰は健在というわけだ。

ただ、若い世代でそうした伝統を軽視する向きもあるようで、現にササキは「馬鹿馬鹿しい風習だ」と言っていた。とはいえ、それを口にするときのササキの顔には苦々しい表情が浮かんでおり、伏し目がちだった。実際に彼がどう思っていたのかは知らないが、ある種の後ろめたさのように感じられた。それは、本人の信仰はどうであれ、死者の一部が家を構成しているという物理的な事実があったからだろう。


興味深い話ではあるが、「錯覚と思い込みに過ぎない話」かというと微妙である。単なる土着信仰なのだから。私が聞きたかったのは、幽霊を信じないと公言しながらも、どうにも説明できない奇妙な出来事についてである。信仰ならば、何ひとつ奇妙ではない。

そんなふうに私が口を挟むと、ササキは「そうじゃない」と言った。本題は別にあるらしい。

ササキが小学校に上がる頃、祖父が亡くなったという。

彼は随分と祖父に懐いていたらしく、昼も夜も泣いて過ごした。見かねた父が床の間の土壁の一角を指し示し、ここに祖父の遺灰が埋まっているのだと教えてくれたそうだ。

それ以来、ササキはどうにも寂しくなったときには床の間に行き、壁を見つめたり背を預けたり、話しかけたりするようになった。祖父がそこにいると思えば、たとえ反応がなくとも気が安らいだのである。

変化は祖父の死から数年後に表れた。かつて父が示した箇所の壁に黒ずみが生じたのである。はじめは数センチ離れた同じ高さの点がふたつ。翌年には、ふたつの点の中間地点から垂直に数センチ下がったところに染みが発生した。その翌年には、最下部の染みの少し上のあたりに、新たに点が生まれた。

小学生のササキは、染みの誕生を喜んだそうだ。まるで目、鼻、口に見えたから。壁に祖父が埋まっているとするなら、それらパーツは祖父に違いないから。恐怖は少しもなかったという。

染みはいずれも些細《ささい》なものであり、よくよく観察しないと分からない。現に両親はまったく気付く様子がなかった。ただ、もし両親が染みを発見したら、消されてしまうかもしれない。ササキは喜びを共有するのではなく、それが損なわれないように隠してしまうことを選んだ。

両親に頼み込んで床の間を自室にして、壁の一部をポスターで覆ったのである。

ポスターの上部にだけ鋲《びょう》を打ち、下部を固定しなかったのは、いつでも祖父の顔を見られるようにとの想いからだった。

無論、大学時代のササキはそれが幼稚な想像からくるものであると分かっていた。シミュラクラ現象。点がみっつ、逆三角形に配置されているだけで、それが顔に見えてしまう錯覚である。人間の脳には類似性を察知するアンテナが備わっている。点がやがて変形し、目は目のかたちに、鼻は鼻に、口は口に、さらには輪郭や陰影までもが見えるようになっても、やはりそれは染みでしかない。ある種のパターンから顔を連想してしまうというだけのことであり、そうした連想はパレイドリア現象と呼ばれる知覚現象である。ただ、中学生になりたてのササキにそうした知識は備わっておらず、年月を重ねるごとに明瞭になっていく顔に神秘を感じていたという。

これはササキの個人的な信仰であり、彼の故郷に根付いた土着信仰とは異なるだろう。

ササキの信仰は祖父への愛着に終始していた。見えざる守護者として奉るのではなく、かつての祖父の面影だけを偲《しの》んでいたのだ。伝統的な祖先崇拝とはかけ離れている。これは私自身が今にして思うことだ。

ササキの話に戻ろう。

彼が中学一年生になっても染みに親しんでいられたのは、それだけ祖父への愛情が深かったからだ。しかし、中学二年の夏頃には、少しずつ祖父への想いは薄れていった。当然のことである。心身ともに成長するにつれ感情は変化していくものだし、思い出がいつまでも色鮮やかなわけがない。

生前の祖父を段々と忘れていくにつれ、壁の染みを眺める頻度も減っていった。自然と神秘感も薄まっていき、その代わりに、薄気味悪さを覚えるようになったという。そんな折、ポスターに異変が表れた。ほんの僅かに盛り上がっていたのである。不審に思ってめくってみると、鼻にあたる染みに、少しではあるが突起ができていた。

それからササキは中学校を卒業して高校で寮生活をはじめるまで、ポスターをめくることはなかった。だが、徐々に徐々に、よく観察していなければ分からない程度の変化で、ポスターが内側から膨らんできたように感じたそうだ。

以来、彼は実家に帰ってもこの部屋に足を踏み入れてはいないという。

「当時は怖かったけど、別に、今となってはただの錯覚だと思うよ。不気味だったけどさ、まったく説明できない現象なんかじゃない。湿気とかで偶然、染みが顔みたいに見えることはありふれてる。染みが成長したのだって、全然おかしなことじゃないよ。最初に染みができるってことは、気温とか湿度とかの条件で染みがひどくなってるだけのことだ。膨らんだのも、壁が部分的に変形したに過ぎないよ。昔は怖がってたけど、なんだか話してみて馬鹿馬鹿しくなったね。お開きにしようか」

そう言って立ち上がったササキが、やけに晴れやかな顔をしていたのを覚えている。思うに、彼はこの話を今まで誰にもしてこなかったのではないか。ある種の重荷になっていたのだろう。出会ったばかりの私が話し相手として適切なのかどうかは分からないが、もしかするとまだ関係性の深まっていない相手だからこそ、打ち明けることができたのかもしれない。

私はササキの話を聞いて、彼が締め括ったように、いくつかの偶然が重なって壁が変化しただけなのだろうと捉えた。だから、大して思い返すこともなくゴールデンウィークを満喫した。

ササキからの電話で焼鳥屋に呼び出されたのは、六月に入ってからだった。

店に到着すると、ササキは奥のテーブル席で俯いていた。声をかけても、しばらくは返事もしなかった。

とりあえずビールと適当な串を何本か頼んだタイミングで、ササキは顔を上げた。目は充血しており、隈《くま》がひどい。もしや失恋でもしたのかと思ったが、違った。

彼は開口一番、「僕は幽霊を信じない」と言い放った。

串にもビールにも手を付けず、彼は低い声で、口元に薄笑いを浮かべて語り始めた。

ゴールデンウィークに実家に帰ったんだ。両親が引っ越すことに決まってね、その手伝いだよ。いい加減古くなってたしね。父親の職場からも遠いし、なにかと不便な土地だから、市内にマンションを借りることにしたんだって。

それで、実家の片付けをしててさ、やっぱり見とこうと思ったんだよ。

床の間を。ポスターを。壁を。

で、実際見てきたんだけどさ……壁。

なんにもなかった。全然膨らんでなかったし、そもそも染みだって存在しなかった。

やっぱり僕の錯覚だったのか、あるいは染みが消えたんだろうね。湿度とかの関係かな。分からないけど。膨らみだって、僕が実際に見たのはちっぽけな突起ひとつで、あとはポスター越しに確認しただけなんだから、壁が実際に盛り上がってたわけじゃなかったんだろうね。突起？　突起もなかったよ。だからやっぱり錯覚か、それとも、突起が落ちたんじゃないかな。なんでもいいけど、とにかく壁には何もなかった。

それで、さ。一応父と母にも確認したわけ。壁に何かしたかって。曲がりなりにも爺ちゃんが埋まってるわけだし、でももしかしたら修繕とかしたんじゃないかと思って。

そしたら、何もしてないって。それはいいんだけどさ……。

そもそも、爺ちゃんの遺灰を壁に埋めたりしてないって。

お前がずっと泣いてるから嘘をついたんだって言われた。

つまり、さ。全部連想だったんだよ。

爺ちゃんが埋まってると思ったから、染みが爺ちゃんに見えた。でも実際には爺ちゃんは埋まってなかった。もし幽霊がいるとしてもさ、もちろん信じないけど、筋が通らないよね。だって爺ちゃんは埋まってないんだから。爺ちゃんが壁から出てくるわけがない。


私は確かにそうだと思った。ただ、話はそれでは終わらなかった。


東京に戻ってきて、一週間後くらいかな。僕は全然信じてないんだけどさ、なんか、変な、染み、があってさ。

もちろん錯覚だよ。なんかの染みだろうね。気付いてなかっただけかもしれない。

それが両目と鼻と口だなんて、馬鹿げてる。

ただ、でき過ぎてる気がしたんだよ。実家の染みが消えて、こっちのアパートに染みが……なんて。もちろん、錯覚だよ。信じてない。信じてないんだけど……気味悪いじゃないか。そうだろ？

だから、隠したんだ。百均に売ってる壁紙シート、知ってる？　木目調のやつを選んでさ、壁、全部。全部だよ。天井と床以外全部。絶対に剥がれないようにギチギチに補強して。

幽霊なんてもちろん信じてない。信じてないんだけどさ……。

この写真、どう思う？

そう言って彼はスマホを差し出してきた。

そのとき自分がどのようなリアクションを取ったのか、まったく覚えていない。目を逸したのか、顔を引きつらせたのか、口元を押さえたのか、ただただ画面を凝視したのか、分からない。

それは壁の一面を写しているようだった。天井と床が少しばかり画角に収まっていて、あとはひたすら壁だ。安っぽい木目のカバーが施された壁だ。それらは何枚も重ねて貼られ、それでは飽き足らず、ガムテープで補強されていた。

ぼっこりと浮き出た人型の膨らみを、なんとか封じ込めようとするかのように。

私はあれが何だったのか、未だに分からない。「僕の代わりに説明してくれないか」と言うササキに対して、「気のせいだ。気にするな」としか返せなかったと思う。

ササキは「そうだよな、変なもの見せて悪かった」と言って、その日はお開きになった、と私は思いたい。じっと俯いてしまった彼を置いて、会計だけ済ませて家に帰ったとは思いたくない。どちらが真実なのかも決めたくはない。


次にササキに会ったのは翌週のゼミだった。彼は平然とした態度で、しかし普段よりも青褪《あおざ》めた顔をしていた。ゼミが終わって話しかけられるかと思ったが、彼はさっさと荷物を仕舞って去ってしまった。

彼と会話ができたのは、その翌日、学部の図書館で偶然顔を合わせたときである。

私は努めてひそやかな声で「壁はどうなった？」と訊ねてみた。

するとササキはなんのことやら分からないといったふうに首を傾げたのである。そして、「用事があるから」と言ってそそくさと去ろうとした。

「なんの用事なんだ？」と私は聞くべきではなかったのだろう。

ササキは一言、「爺ちゃんの世話」と言い残して踵を返した。

書架の先に消えていく彼の後ろ姿には、戸惑いも躊躇《ため》いもなかった。一定の歩調で遠ざかる彼の背を見ながら、私は凝然と立ち尽くしていた。

それから、ササキには一度も会っていない。彼はゼミに顔を出さなくなり、教授曰く、大学まで辞めてしまったらしい。なんでも、実家に帰るんだとか。

彼の言う実家は、両親の新居ではないだろう。古びた集落の一軒家に違いない。


私がササキについて知っているのはこれだけで、実際に見聞きしたものもこれですべてだ。

この件に関して、私はどうにも釈然としないものがある。すべてが錯覚で、ササキが見せてきた写真もそれらしく見えただけなのだとすれば一番いい。安全で穏当だ。ただ、もし本当にササキの言ったことに間違いがなかったのなら、どうだろう。

彼の実家の床の間に祖父は埋まっていなかった。祖父ではない何者かが壁に浮かび、壁から出ようとしていた。だが、ゴールデンウィークを境に壁の染みは消失し、代わりに彼のアパートに発生した。

祖父ではない何かを祖父と呼び、世話をしていたのだろうか。それはやがて壁を離れたのだろうか。そして実家へと――先祖の心臓が埋められた家へと、彼と共に帰っていったのだろうか。


かつてササキと問答した時から変わらず、私は幽霊を信じている。そして大学三年次以来、幽霊は頭のなかにいるのではないかと考えてしまっている。想像が幽霊を生み出すのではないか。連想が幽霊を育てるのではないか。

何もない壁に何かを見てしまうように。

だから私は、あれ以来壁を見つめることができない。

肉の鏡

高良かなら

診察室の椅子に腰掛けるや否や、男は息せき切って訴えた。

「妻の顔がないんです！　時々、こんな風になくなってしまうんです！」

男の隣に座る女性――主訴の中心人物であるところの彼の妻――は、男の不安をさらに煮詰めて塗りたくったような何とも言えない表情で、座り心地悪そうに丸椅子の上で縮こまっている。

彼女には当然のことながら顔がある。目鼻も口も眉も。おかしいところはひとつもない。

しかしながら、ここで私が「大丈夫です。奥さんの顔はしっかりありますよ」と言ったところで、男の助けにはならないことは長年の経験から明らかだ。

彼は、妻の顔が見えないこと以上に、目の前の光景を誰とも共有できないことこそが不安なのだろうから。

――今日のところは傾聴に努めよう。

話しにくいことを勇気をもって打ち明けてくれたことにまずは礼を言い、男には見ているという「妻の顔にあいた穴」について、それが見えるようになった時期やどんな様子の穴なのか（細い筒の中を覗いたようだと言っていた）を順を追って尋ねていった。

話を続けるうち、男の全身を覆っていた張りつめた雰囲気がほどけ、話題によっては小さく笑みを見せるようにもなった。治療の第一歩としては上々だろう。

そして話が症状の終わり――妻の顔から穴が消える瞬間に及んだ時。

「それは私が！　私がやるんです！　ほら、先生、見てください！」

男はやにわに鼻息を荒くした。

突然の大きな声に、妻の体がビクッと跳ねる。

男は妻の細い肩を無造作に抱き寄せると、自身の手の平を、妻の顔面にあてがった。

無造作に。慣れた手つきで。

男の、大きく見開かれた両の瞳が、これまでとは別人のように爛々《らんらん》と光をおびる。

「私が、私だけがこれを治せる」

男はそう言うなり、布巾で汗を拭うようなぞんざいな仕草で妻の顔を撫ぜた。

いくら身内とはいえ、子供の顔の汚れを拭う訳でもあるまいし、加えて、夫が妻の顔を鷲掴んでいるというのもどこか異様で、私は患者の前だということも忘れて、思わず眉をひそめた。

何より、抵抗もせず、声もあげず、まるで魂を抜かれたがごとく、くたりと腕を両の脇に垂らして、夫のされるがままになっている妻の様子が恐ろしかった。

とはいえ、それは一瞬の出来事で。

「先生、これでもう大丈夫です！」

ぐらぐらと妻の頭をゆすると男は晴々とした表情になり、妻の顎を掴んで、その顔をこちらへ向けた。

もちろんそこには顔があった。

目と鼻と口。眉毛もある。まつ毛やうぶ毛といった、細かな毛も見てとれる。

しかし。

それら全てが、先刻まで私が目にしていたものとは違っていた。

いっそのこと、全く知らない顔であれば、あるいは、話していたように、顔の中心にぽっかり穴が開いていたのであればよかったと心底思うほど、目の前の光景は異様だった。

女の輪郭の上に現れたもの。

それは見知った顔だった。

男の顔。

今も彼女の隣で目を爛々とさせている男、それと瓜二つの目鼻口が、苦しげな表情でこちらを見ている。

彼女——今となっては彼女と言い表すのが正しいのかどうかも分からない目の前の人物は、何か言いたげにしきりに口を動かしている。しかし、男に顎を強く掴まれているせいか、唇の間からは、はくはく、と薄い息が漏れるばかりで、何の言葉も出てこない。

——あり得ない。

私まで頭がおかしくなってしまったのだろうか。

「顔がなくては生きていけませんから、私がこうやって治してやるんです。……あぁ、よかった。綺麗な顔が戻ってきた」

男が、妻の頬を包む手つきはいかにも愛しげで、遠目で見ればオシドリ夫婦にも思えたかもしれないが、いかんせん、彼らから一メートルと離れていない私には不気味でしかない光景だ。

二対の瞳が、ぴたり、と見つめ合うなり、互いの目尻はどちらからともなく下がり、不気味なほど同じ速度で口角がゆっくりとひき上がる。

——同じ顔が、同じ風にうっとりと、互いの顔に見入っている。

夫妻の間に漂う空気が甘やかに煮詰められていくほどに、私は恐ろしい気持ちでいっぱいになった。このまま口づけを交わされでもしたらたまらない。私が咳払いで水をさすと、二人はそそくさと体を離した。

そして男は「これはこれでいいのかもしれない」と照れたように呟くと、妻と目配せし合いながら、診察室を後にした。

妻は男の後をついて部屋を出る時、最後にこちらを振り返って深く頭を下げた。女が顔を上げると、元通りの目鼻口が顔の輪郭の中におさまっていた。

しかし、その顔に浮かぶ笑みは、先ほど男が見せたものとそっくりで、扉が閉まってしばらく経っても、私の肌は粟立ったままだった。


それきり夫婦が病院を訪れることは二度となかった。

患者の中に病をみても、本人に治す気がないのならば、医者にできることはない。

連れ合いの鏡にされるなど私はごめんだが、幸せとは得てして他人には理解不能なものである。それに口を出すのは野暮というものだろう。


――しかし。

ショッピングモールのフードコートで、私は件《くだん》の夫婦を見かけた。休日にわざわざ人の多い場所へ出かけるのではなかった。私は今、猛烈に自身の選択を悔いている。

子供が泣いている。

小さな子供特有の、火がついたような甲高い泣き声。その出どころへ目をやった時、私はかの夫婦を見た――そして男が、おそらくは彼自身の子供の顔面を無造作に撫ぜるのを見た。

ひた、と。

不思議なほど、ぴたりと泣き止んだ我が子に、男はにこりと笑いかけた。

私の居る場所から見えたのは子供の小さな後頭部だけ。それきり親子の姿は人混みにまぎれて消えてしまった。だから私は、あの子供の顔をついぞ知らない。

知らない、というのに。

あの子が、あの時、あの場所で浮かべたであろう笑顔が私には分かる。分かってしまう。

その幻視が他人の網膜を蝕むことなど思いもよらずに、今日も彼らは互いの顔を覗きこんで、幸せそうに笑っているのだろう。

くる、くる、くる。

はじめアキラ

正直、完全に気休め程度というか、話したところでなんの解決にもならないかもしれない。でも、そろそろ限界だから聞いてくれたら嬉しい。ひょっとしたら、これが俺の遺言になるかもしれないから尚更に。

今からこのブログに書くのは、ある絵の話だ。

俺の画力がたかが知れたレベルだっていうのは、ブログの読者のみんなは知っていると思うんだけど。これでも一応、マジで絵の道を目指してみようと思ってた時期があったのね。イラストレーターじゃなくて、硬派に油絵とかそういう方向。

俺の叔母さんの趣味が油絵でさ。すっごく絵を描くのが上手くて、従兄弟に会いに行くたびに見せてもらっていたっていうのが最大の理由かな。いやほんと、アマチュアにしておくのがもったいないって思うくらい上手かったの。林檎とか葡萄《ぶどう》とか家とかの無機物だけじゃなくて、ばあちゃんの絵とか母さんの絵とかも結構描いて見せてくれてね。子供心に俺、自分もそういう絵が描けるようになったら嬉しいなーって思って。

だからまあ単純なんだけど、中学校と高校では美術部に入っていたわけだ。

中学校の美術部はほとんど名ばかりの部活で予算もなかったから、本格的に油絵ができるようになったのは高校からだった。高校の美術部はそこそこ盛んで、美大できちんと勉強した顧問の先生が熱心に指導してくれたし、油絵の道具も予算で全員分買い揃えてくれた。至れり尽せりだったのね。先輩の中には、コンクールで入賞したような人もいた。俺もそうなりたいなーって思いながら、毎日頑張って絵を描いてたんだよ。

で、ここからが本題。

美術部だから、引退も遅くて。俺は三年の半ばくらいまで活動してたんだけど——その三年生の時に出会ったんだよな、あの絵に。

「なあ見ろ、この絵！　凄いだろう、うちの祖父さんに譲って貰ったんだ！」

見た目だけなら体育教師と間違われそうな、若くてハツラツとした顧問の先生——名前はA先生にしとくか。性別は男な。

部活が始まるって時に一枚の絵を持ってきて、部室に飾ったんだ。なんでも、先生の祖父さんから譲ってもらった絵だったらしい。

タイトルは、『昼と夜の間』。作者名はわからないってことだったけど、そんなこと俺達はどうでも良かった。一目見て、その鮮やかな筆遣いに魅了されてしまったから。

それは、遠近感がある——絵の奥に続く長い長い道を描いた作品だった。

奥の方に深緑色のドアがあって、そこから手前に向かって道が続いてんのね。で、奥の方は藍色の、見事な星空が広がってんの。

そんな空がグラデーションになっていて、星空から夕焼けのオレンジ色に変わっていき、絵の手前の方はもくもくと夏の雲が沸き立つ青空になっているってわけ。時間の流れを示した絵なんだろうなって思った。手前から順に昼の時間から夜の時間に変わっていく様子を、深い空の色と奥行のある道だけで表現した絵。道は、一番奥のドアに近い場所は枯れ草しか生えていないんだけど、手前の昼に近づくにつれて青々とした草木が茂って緑豊かになっていくんだ。

俺の貧困な語彙で書くと、シンプルでつまんない絵に見えるかもしれないけど、とんでもない。

とにかく色使いが見事だし、何よりもドアや道がまるで写真みたいなんだ。本物そっくりで、空の中に浮き上がって見えるほどなんだよ。筆者のサインは入っていないけど、誰が描いたのかわからないのがもったいないと本気で思った。俺のように絵に魅せられた奴は他にも数人いて（まあ、なんか抽象的な雰囲気の絵だったし、興味なさそうな奴もいたけどね）、先生が壁に絵を飾ると、しばらくの間その場でわいわい騒いでいたんだ。

先生によれば。

「この絵、先生の祖父《じい》さんの家の倉庫に眠ってたんだ。もったいないよな、こんな見事な絵が飾られることもなく、暗くて冷たい倉庫の中で埃を被ってたんだから。この間帰省して、田舎の倉庫掃除手伝ったら出てきたんだよ。祖父さんも『まだあったのか、この絵』って驚いてたから、見たことがないわけじゃないんだろうな。倉庫に放り込んで、忘れてたってことらしい」

すっかり絵が気に入ったA先生は、譲ってくれるように祖父さんに頼み込んだらしい。どうせ祖父さんの家にあっても、倉庫の中でほったらかしにされるだけ、下手したら捨てられちゃうかもしれないって思ったんだろうな。有名な作家の絵ならともかく、サインも入ってない無名作家の絵じゃ、売れたところで二束三文にしかならないだろうし。

でも、最初は祖父さんに渋られたそうだ。「どうせ飾りもしないのにどうして?」ってA先生が聞くと祖父さんは。

「この絵、うちの父さんのもので一度だけ見せて貰ったことがあるんだが。父さんが言ってたんだ。『見事な絵だが、あまりこれを人に見せない方がいい。来るぞ』って。父さんがどこでこの絵を手に入れたのかは知らん。何が『来る』のかも教えてくれなかった。ただ、父さんは昔から鋭いところがあるというか、霊感の強い人だったからな。何か、私にはわからないものを感じていたのかもしれんなあ……」

なんてことを言ったそうだ。

ますますA先生は、この不思議な絵が欲しくなってしまった。A先生、絵も好きなんだけど。同じくらいオカルトも好きな人で、そういういわくありげな話はむしろ逆効果だったんだろうな。で、家にしまって時々見る程度にする、ってことを条件に譲ってもらったんだそうだ。

まあ、もうお分かりだろう。

先生はその約束をソッコーで破って、学校に持って来ちゃったわけだ、絵を。

でも、確かにあんな見事な絵だったわけだし、みんなに見せないのはもったいないって思うのも普通だよな。

約束を破るのはどうかと思うけど、俺は別に絵に対しておかしなものは何も感じなかったし、特に怪しいものが描かれているというわけでもない。別段気にする必要もないだろう、と考えていた。むしろ、あまりにも写実的な道をどうやって表現しているんだろうとまじまじと見つめたりしていたくらいだ。あの緑色のドアの向こうには何があるんだろう、異世界にでも繋がってるのかな、なんてちょっとワクワクと想像しながらさ。

「逢魔《おうま》が時って知ってるか？　夕方の薄暗くなった時間帯は、魔が闊歩《かっぽ》する、魔に出会うこともある時間だと恐れる考え方があるんだよな。これはきっと、そんな昼と夜の間、夕暮れの怪しさと不思議さを表現したものだと思うんだ」

確かに、先生の言う通り、この作品の主題となるものは「夕方」にあるように見える。夜の星空よりも、昼の青空の空よりも、ずっと広く長く夕方の空間が続いているように感じるからだ。奥にあるのは狭い星空で、ドアの手前から夕焼けがぴったりと広がっている。「来る」というのはあの夜に繋がるドアから、逢魔が時に向かって何かがやって来るという意味なんだろうか。

そんな当たり障りない感想を漏らそうとした時、先生が感心したように呟いたんだよな。

「夕方になると、魔物がやってくるから早く家に帰りなさい、ってことになるのかも。ドアの中から出てこようとする怪物、チラ見なのがニクイよな。どんな顔してるのか、ついつい想像しちまうよ」

その時。

俺は、聞き間違いだと思っちまったんだよな。だってそうだろう。

絵の中の緑のドアは――ぴったり閉まっていて、怪物らしきものが顔を覗かせているなんて、そんなことはなかったから。

あるわけない。同じものを見ているのに、先生と俺で違うものが見えているなんて。

そう、思っていたんだけど。

その日を境に、先生は自分でも筆を取って、部活動の時間帯に油絵を描き始めたんだよな。それも、オレンジ色の夕焼けの世界に浮かぶ、真っ黒な怪物の絵を。

「何ですか、これ」

ある程度絵が出来上がってきた頃に俺が尋ねると、先生は嬉しそうに言ったんだ。あの絵は本物だった、本当に祖父さんの言う通り何かが憑いていたみたいだ、って。

「見えているの、俺だけなのかね。ドアの向こうから道を辿って、徐々にこっちへ向かって歩いてくるのが見えるんだよ。そいつは真っ黒で、猫背で、顔には巨大に裂けた口だけがついてるんだ。歯を剥き出しにして、毎日凄くゆっくりと、確実に近づいてきてるんだよな。絵の中に怪物を閉じ込めるなんて、どれだけ才能のある画家が描いたんだろうなあ！」

俺はその化物を描いてみると決めたんだ、と先生は笑っていた。

「まあ、俺にはそこまでの力なんかないし、化物を描いたところで、絵の中に動く化物を閉じ込めるなんて人間離れしたことはできないんだけどな。はっはっは」

笑い話、なのだろうか。俺は楽観的で呑気な先生に違和感を覚えながら、壁にしっかりと陣取っている『昼と夜の間』を見た。

先生の言葉が幻覚ではないことに、既に俺自身が気づいている。

見えているからだ。最初は閉まっていたはずの絵の中のドアが、確かに少し開いているのが。

そこから、こちらを見ている真っ黒なナニカの姿が。

——絵が動くなんて、本当にそんなことあるのか？　俺が最初に見間違えていただけじゃないのか？

そう、思いたかった。けれど数日も経つと、その絵の中の怪物はドアから這い出して、こちらに少しずつ歩いてくるようになったのだ。非常にゆっくりとした速度だけれど、確かに見るたびに近づいてきている。

そして、気づいた。化物が近づくにつれ、道の様子も変化してきたことに。

ドアの周辺だけだった枯れ草が、手前にどんどんと侵食してきているんだ。化物が近づくにつれ、青々と茂っていた草が茶色に変色して、次々と枯れていくんだよ。

おかしな話だろ。

絵が動く、化物がこっちに来る——その時点で変だと思うのが当たり前なのに。俺はここまできてやっと本気で、この絵がやばいものなんだって理解しはじめたんだ。

歩くだけで草木を枯らすような怪物が、こっちに来ている。まともなわけがない。

「先生、やっぱりこの絵、やばいと思います。しまった方がいいんじゃないですか」

思えば、この頃から妙に学校や部活を休む美術部のメンバーが、増えていたような気がする。

それも、絵に魅了されていた奴らばっかりだ。

それなのに先生は、本気で不思議そうに首を傾げて、怪物の絵を描き続けているんだよな。

で、こう言ったんだ。

「何でだよ？　やっと顔がアップになって、よく見える頃合になったのに」

＊＊＊

この少し後に、俺は美術部を引退することになり、それからは美術室に近づくこともほとんどなくなった。

ただ先生は、俺が美術部を引退する直前で何故か突然転勤になり、挨拶もしないまま学校を去ることになってしまった――あの絵を、美術室に置いたまま。

明らかに何かあった様子だったけれど、他の先生はA先生に何があったのか教えてくれなかった。ただ、A先生が美術部を去るのと前後してあの絵には布がかけられ、暫くしてから、どこかに運び去られていったらしい。ちらりと聞いた話では、お祓いをすることになったのだとかなんとか。やはり「あの絵がまずいのではないか」という報告は、ちらほらと校長先生たちの耳にも入るようになっていたんだろう。

正直、顔が間近で見えるほど化物に近づかれてしまったA先生が、無事であったとはとても思えない。

そもそもただの転勤なら、油絵のセットもあんなに大事にしていた絵も学校に置いたまま、挨拶もなしに急にいなくなるなんてするわけがないだろう。

先生の絵は、完成していた。

大口を開け、歯茎を剥き出しにして笑う真っ黒な怪物の絵だ。その絵も、『昼と夜の間』と一緒にどこかに持っていかれたようだ。これもお祓いすべき対象になったのかもしれない。

不気味だったし、正直怖かったけれど、俺は絵を最後まで見なかったし（だいぶ化物に近づかれていたが、顔がドアップに見えるほどではなかった）、きっと大丈夫だろうと思うようにしていた。

先生のお祖父さんの話通りなら、あの絵は『あまり見なければ』問題ないものであるはずだと考えていたというのもある。

でもな。

残念ながら話は、ここで終わらないんだ。

ほんのつい、三日前のこと。

――お祓いしたって聞いたぞ。おかしいだろ。

その、『昼と夜の間』の絵な。

今俺の手元にあるんだわ。絵にあんまり興味ないはずのカミさんが、ネットオークションで買っちまったっていうんだよ。

で、こう言ってるんだ。

「綺麗な絵よね。奥に星空、見事な夕焼けに手前の青空。……あのドアから何かが覗いてるっていうのが、すごく象徴的だわ」

高校を卒業して、もう十年以上も過ぎた今になって、どうしてこんなことになっちまったのか――俺にも全くわからない。

確かなことは一つ。カミさんが「ドアから何かが覗いている」って言ってるその絵。俺にはもう、夕焼けもドアも道も、なんにも見えないんだよ。
絵一面が、にたにた笑う巨大な口で覆われてるせいで。
とりあえず、今日はここまで。
近いうち、ブログの更新が途絶えたら、いろいろと察してくれ。
そうならないことを切に祈るけど。

みんなで怪談をたのしむ本

高良かなら

子どもの頃は、怖い話が苦手だった。

それが今では、おばけだの、幽霊だの、呪いだのが出てくる話を自分から進んで見たり読んだりしているのだから、人間、どんな大人になるかはわからないものだ。

子どもの頃に食べられなかったもの――例えばコーヒーなんかを美味しく感じるようになるのは味覚の感じ方が鈍くなるからだ、なんていう説もあるらしいのだけれど、私のホラー耐性にしても、心が強くなったとかではなくて、恐怖を感じる感覚が、年を重ねた数だけ鈍磨しただけのことなのだろう。

それに、大人になって人生の先行きがある程度見通せるようになった私には、フィクションの世界――とりわけ刺激の強い、ホラーや怪談といったジャンル――が欠かせなくなった、というのもある。

おばけはいないよりも、いるほうが面白い。

おばけが本当にいるかもしれない――私はそう思うことで、ともすれば同じことの繰り返しになりかねない毎日をなんとかやり過ごしてきた。

突然だが、私には息子が一人いる。今年で小学五年生だ。

私は怖い話をはじめとして、本なら何でも読む、いわゆる本の虫で、自分の子どもにも本を好きになってほしかった。しかしながら、無理強いはしたくない。

そこで私は、リビングに大きめの本棚を設《しつら》えた。

いつでも触れられる場所に本があって、親がそれを楽しんでいる姿を見せれば、勝手に興味をもってくれるだろう。そんな淡い期待をこめて、リビングの本棚には子ども向けの本も、大人向けの本も一緒に並べた。

親の期待を知ってか知らずか。息子は文字を読める歳になると、自分から本に手を伸ばすようになった。最近ではこっそり混ぜておいた子ども向けの怖い話や民話、怪談本を読むようになって、妖怪の知識などは私よりもずっと豊富だ。

息子が家にある本を読み切ったら、ジュニア向けに出版されている怪談全集を買うのもいいかもしれない。そんなことを思っていたある日のこと。

「お父さん……」

息子が不安げな顔で話しかけてきた。何か壊しでもしたのだろうかと事情を尋ねると、ずいぶん言いにくそうに視線を彷徨《さまよ》わせた後、こう言った。

「怖い話を終わらせる方法ってある……？」

詳しく話を聞いてみたところ、どうやら事の発端は、とある一冊の本であるらしかった。

私の息子・コウは、本で知った怪談の話を仲の良いクラスメイトに披露した。同じクラスで本を読んでいる子は少なかった。それに加えて、私の家に置いてあった本の中には古い年代のものもあって、そこに載っていた話は子どもたちにとってずいぶん新鮮に感じられたようである。

こんな話もある、あとはこんな話も……とコウが話して聞かせるうちに、彼らの間でちょっとした怪談ブームが起こった。

「自分たちの学校にも怪談があるんじゃないか」と言い出したのは誰だったか。

さっそく聞きこみを開始したコウたちだったけれど、結果は芳しくなかった。学校の七不思議どころか、おばけの目撃談すら出てこない。改築されたばかりの真新しい校舎には怪談が巣食う隙がなかったのかもしれない。

学校の図書室で怪談の本を広げながら、「うちの学校にもこういう話があったらいいのに」とみんなで話していた時。

「あ。これ、怖い話じゃない？」

友達の一人が、棚から一冊の古い本を取り出した。背表紙の文字は日に焼けて、ほとんど読めなくなっていたけれど、それ以外は無事だった。表紙にでかでかと、ポップな色合いで書かれた本のタイトルは――『みんなで怪談をたのしむ本』。

その本はただの読みものではなくて、中に書き込めるスペースのあるワークブック形式の本だった。

それ以外にもう一つ、その本には変わったところがあった――袋とじが付いていたのだ。袋とじは全部で三つ。それぞれにふられた章の名前は前から順に、『みんなで怪談をつくってみよう！』『みんなで怪談をひろめよう！』『みんなで怪談をたのしもう！』。

一つの袋とじの内容が終わったら、次の袋とじを開ける。そんな風にして順番にワークを進めていくように、と本の最初に書いてあった。

『一つのワークが終わるまでは、先をのぞいちゃ絶対ダメ！』とも。

「そうだ、ないなら僕らで作ればいいんだ！」

コウも、他の子どもたちも『みんなで怪談をたのしむ本』を囲んで興奮した。

その本には貸出管理用のバーコードが付いていなかった。背表紙の文字がほとんど読めなくなっているような古い本だから、先生たちも存在を忘れているのかもしれない。袋とじが開いていないということは、今まで誰もこの本を読まなかったということだ。人気のない本がなくなったところで誰も困らない、むしろこの本は僕らに読まれて嬉しいに違いない。

コウたちはそう納得して、貸出し手続きをせずに図書室から本をこっそり持ち出した。そして、さっそくワークに取りかかった。

本には一ページにつき一つの質問があり、質問の下にある空白の欄に、文字を自由に書き込めるようになっていた。質問は例えばこんな風だ。

『みんなが通っている（　　）小学校はどんなところかな？　怪談の噂になりそうな場所を思い出してみよう！
＊ヒント・暗い場所やみんながあまり近づかない場所、入ったことのない場所はどこかな？』

『（　　）小学校で起きた不思議なことを思い出してみよう！
＊ヒント・ちょっとでも変だなと思ったことならなんでもいいよ！』

コウたちはみんなで相談しながら、一つ一つ、ページを埋めていった。

章の最後にはそれらの質問の答えをつなぎ合わせるよう指示があり、それに従うだけで難しいことを考えずとも、それらしい怪談が次々できあがった。

『みんなで怪談をつくってみよう！』のすべての項目を埋め終わったコウたちは、二つ目の袋とじ『みんなで怪談をひろめよう！』をすぐさま開いた。

『うわさのスタート地点をかくそう！』
『上手にうそをついてみよう！』
『こういう子に話すと広まりやすい！』
『おばけを信じていない子にはこう言おう！』

さっそく翌日からそこに書いてある通りに話し方を工夫しながら、クラスメイトや下級生、上級生、さらには他の学校に通う友達や、遠くの地域に住むいとこなどに、自分たちの作った話を広めていった。

『怪談をひろめよう！』の章には噂の広め方以外にも、噂が疑われた時の対処法なども載っていて、袋とじの中のすべての項目がコウたちを的確にバックアップした。

一ヶ月もすると、コウたちのつくった怪談は周知のものとなっていた。

直接面識のない子から「こういう噂知ってる?」と、細部が変更された噂がまわってくることも珍しくなかった。噂の舞台となった大階段や体育倉庫を通る時には、「おばけなんかいない!」と言い張っている子でさえ顔がこわばる。

またたく間に広まった怪談の噂に戦々恐々とする学校の中で、怪談の生みの親であるコウたちだけは影でこっそりほくそ笑んでいた。

残る袋とじは『みんなで怪談をたのしもう!』。

開くための条件は『みんなでつくったものとは別の怪談を十三個聞くこと』だった。

コウたちはただ待てばよかった。何をせずとも勝手に流れてくる「おばけを見た」「誰もいない場所で足を引っ張られた」「不気味な声を聞いた」という噂を指折り数え、「もうすぐだね」とみんなで笑った。

そして十三個目の噂を聞いたコウたちは、満を持して最後の袋とじを開いた。

そこには丸みを帯びた文字で、こう書かれていた。

『こうくん、ゆきちゃん、ここちゃん、ゆずくん、あったん、みんなみんなありがとう!

いばしょとお友だちをありがとう!

みんなのおかげで、ぼくらはカササギ小学校にくることができました！

これからもみんなのことはずっと忘れないよ！　ほんとにほんとにありがとう！

これからもみんなで怪談をたのしもう！』


「ひっ」

コウは本を取り落とした。

可愛がっていたペットが、毒をもった不気味な生き物に変貌したような気分だった。

経年劣化で黄ばんだ紙面に、くっきりと印刷された名前。それは紛れもなく、コウたちのものだった。小学校の名前も寸分たがわず同じである。

こんな偶然が起こり得ないのは、小学生であるコウたちにもわかった。ならば誰かが細工をしたのか？　けれど、最後の袋とじも、前の二つと同様に、切り取り線を丁寧に破いて開いたのだ。ノリやテープで貼り付けた跡があったなら、すぐにわかったはずだ。

しかし、それではおかしなことになってしまう。

コウたちが本を見つける以前から、最後の袋とじの中にはみんなの名前が印刷されていた、ということに。

この中の誰かが、みんなを驚かせるためにやったイタズラではないか。最後の望みをかけて話し合いをしたけれど、顔をニヤつかせながら種明かしをする子は最後まで出てこなかった。みんな泣きそうに顔を歪めるだけ。

自分たちの名前が印刷されている意味がわからない。そして何よりも——。

「ここちゃんって……だれ？」

今、本を囲んでいるのは全部で四人。

この本を使って怪談を作ったり広めたりしたのも、コウ、ゆきちゃん、ゆずくん、あったんの四人。『ここちゃん』なんていう子には、誰一人、心当たりがなかった。

コウは床に落ちた本に、おそるおそる手を伸ばした。できれば指一本触れたくはなかったけれど、確認したいページが一つだけあった。

コウたちが一番最初に書き込んだページ。『みんなの名前をかいてみよう！』の欄。

そこには果たして、自分たち四人とは別にもう一つ、見慣れない名前が書かれていた。

「なみま　ここのえ」

コウの呟きに、他の三人がハッと目を向ける。

「それ、誰だっけ……？」

「知ってる！　……気がする」

「それが『ここちゃん』？」

四人は「なみまここのえ」「ここちゃん」についてクラスメイトや先生に尋ねて回った。けれど、誰もが「そんな子は知らない」と首を振る。

奇妙な焦燥感が四人を襲う中、ゆきちゃんが言った。

「そうだ、たしか、二年の子に『なみま』って苗字の子がいるよ」

四人は二年生の教室に駆けこみ、波間八重ちゃんを呼び出すと、縋《すが》りつく勢いで尋ねた。

「なみまここのえって子、知らない！？」

八重ちゃんはあっけらかんと答えた。

「知ってるよ。ここちゃんは八重のお姉ちゃん。でも……」

八重ちゃんはしばらくぼんやりと宙に視線を漂わせた後、もう一度言った。

「あれ？　ここちゃんって、だれ？」

そのあとは何度尋ねても、「八重にお姉ちゃんはいないよ」と言うばかりだった。

そして後日、八重ちゃんの担任の先生に尋ねたところ、彼女は本当にひとりっ子であることが判明した。

どうしてあの時、八重ちゃんが「ここちゃんは八重のお姉ちゃん」と言ったのか、それは八重ちゃん本人にも分からないそうだ。

＊＊＊

皆さん、どうです？　ちょっと珍しい話でしょう？

実は、この話にはもう少し続きがありまして。

ここちゃんの一件からほどなくして、息子の学校では新しい怪談が流行り始めました。「踊り場の大鏡の中から『たすけて』と泣く声が聞こえる」「黒い影と歩く女の子を見た」「その子の名前はここちゃんだ」というものです。

息子たちが学校中で聞き回ったせいなのか、「ここちゃん」という名前は、今や学校の七不思議の代表格なのだそうです。

息子は「この怪談を終わらせたい」「ここちゃんを助けたい」と言うのですが、残念ながら私はただのホラーマニア。息子の力にはなれませんでした。

せめて問題の元凶である本を示して、もっともらしい仮説を立てて、全部気のせいだと言ってやれたらよかったのですが、『みんなで怪談をたのしむ本』は最後の袋とじを開いた後、気づいたらなくなっていたそうです。　なんとも都合のいい話ですよね？

実物を確かめようがないのですから、すべては息子の作り話ということもあり得ます。けれど……息子はすっかり、本という本を怖がるようになってしまいました。

書かれている内容に関わらず、本があるのを見るだけでも怖がります。ですから家の中の子ども向けの本はすべて処分して、リビングに置いてあった本棚は私の書斎に移しました。息子は今でも書斎には絶対に近づきませんし、学校の教科書は背表紙を取り払って、紙の束として認識することでなんとか耐えている有様です。……作り話のためにここまでするでしょうか？

息子は私と違って、きっと大人になっても、本を、ホラーを避け続けることでしょう。残念でなりません。

——え？　私ですか？

ははは。そんなこと、聞くまでもないでしょう？　怖い話にうんざりしていたら、こんなところ……怪談好きのオフ会なんかには来ませんよ。息子づて、というのが少しばかり残念ではありますが、不可思議な体験の一端に生まれて初めて触れられたんですよ？　そりゃあもう、ワクワクしますよ。

おばけはいないよりも、いるほうが面白いですから。

闇バイト

せなね

Aさんは若くて金がない頃に、闇バイトに応募したことがある。

「と言っても、当時は闇バイトなんて言葉はありませんでしたけどね……」

——あるものを預かって欲しい。


そんな内容だったという。

「日給は五万円。たぶん、違法な薬物か盗品だろうなって思っていたんですけど……」

依頼を受けてから数日後、依頼主の使いを名乗る男がAさんのアパートを訪ねて来た。

男はボソボソとその旨を伝えた後、Aさんに叩きつけるように『それ』を渡すと、全力ダッシュで部屋から逃げていった。

呆気に取られながらAさんは逃げる男の背中を見送り、そして男の姿がいなくなると、『それ』に目を向けた。

Ａ４サイズの桐の箱だった。

「かなり年季の入った代物でしたね。蓋には梵字のような何かが書かれていて、真っ黒な汚れがこびりついた、紫色の組紐でグルグル巻きにされていました」

――これは、骨董品なのだろうか？

Ａさんは、その程度にしか考えなかった。とりあえず、その桐の箱を押入れの一番奥に仕舞い、報酬を受け取るためにＡＴＭへ向かった。五万円が振り込まれていた。

「そのお金でお腹いっぱい食べた後、スロットを打ちに行きました」

大勝ちだったそうだ。

「そりゃあ嬉しかったですよ。でもね、帰っている途中、何だか言いようの無い不安に襲われまして」

――もしかして、自分の命運は尽きてしまったのではないか？

そんな妄想が湧いてしまったという。

「上手く説明出来ないんですけど、人生っていう『保険』が何か致命的な『違反』で解約になってしまって、自分はその払戻金をスロットの万枚という形で受け取ってしまったのではないか、そんな風に思えたんです」

根拠も無ければ、きっかけもない。何でそんな考えが自分の頭に浮かんだのかさっぱり分からない。まるで、自分ではない誰かの考え方が、自分の脳内に入り込んでしまったような、そんな何とも言えない気味悪さがAさんの心を支配した。


――バカバカしい。


Aさんは妄想を振り払うため、女の子の店に向かった。要するに風俗である。

「アナタは、嫌」

しかし、そこで指名した女の子に、顔を見るなり断られた。

Aさんの容姿は至って平凡である。金欠でも服装には気を付け、風呂にも毎日入っている。断られる理由が思いつかなかった。

何で、と訊いても、

「嫌だから」

としか言われなかった。

「すみませんねぇ、お客さん。普段は、こんなこと絶対言わない子なんですけど……」

間に入った風俗の店員も困惑しているようだった。結局、少々の割引と引き換えに、Aさんは別の女の子に相手をしてもらうことになった。

その帰り道。

「ねぇ、アンタ」

店を出た所で呼び止められた。先程の女の子だった。


「アンタ、『何』を持ってんの？」


真っ先に、あの桐の箱が頭に浮かんだ。

「……何のことだよ」

Aさんはとぼけた。一応、『まともではないモノ』を預かって金を得ているという自覚がある。今しがた会ったばかりの女の子に打ち明ける気にはなれなかった。

女の子は、はんっと鼻で笑った。

「別にアンタが『何』を持ってるかなんて知りたくもないし、アンタ自身のことも心底どうでもいいんだけどさ、ソレ、早く手放した方が良いよ。でないと――」

――酷いことになるよ。

それだけ言って、女の子は何事もなかったかのようにAさんの元から去って行った。

「……」

Aさんは無言で、歩き去る彼女の背中を見つめていた。

「その女の子とはそれっきりです。かなり後になって、その店をもう一回訪れたのですが、彼女は退店していました」

――あの時、彼女の言うことを聞いておけば。

Aさんが後悔するのは、もう少し先になる。

その夜から三日ほど経った後、Aさんは致命的なことに気が付いた。

「我ながらバカだと思うんですけど、箱をいつまで預かれば良いのか、その期限を聞いていないことに気が付いたんです」

日給の五万円は毎日振り込まれていた。しかし、依頼主に連絡を取る手段がない。最初に応募した際に添付されていたメールアドレスは、すでに無効になっていた。なす術がなかった。

「そのまま一週間、何をするでもなく過ごしました」

振り込まれた額は三十万円を超えていた。Aさんなら二、三ヶ月は余裕で暮らしていける額だった。


——この辺で、もうやめにしたい。


そうは思っていても、相手から何の連絡も来ない。Aさんは日に何度も携帯のメールをチェックするようになった。桐の箱を仕舞っている押入れは、初日以降、一度たりとも開けてはいない。具体的に何かあったわけではないが、ただただ気味が悪かった。

とうとう十日目になった。振込の額は、五十万円に達していた。

「この辺りで、私はおかしくなってしまったんです」

――楽勝じゃないか。

そう、思ってしまったのだそうだ。

気味の悪い箱を預かるだけで、毎日五万円も振り込んで貰える。こんな美味しい話があるか？　最高だろう？

「我ながら救いようがありませんが、当時の私はそう考えてしまったのです。そんな美味い話、あるわけが無いのに……」

特にこれといった心霊現象が起きなかったのも、Aさんの楽観に拍車をかけていた。それからというもの、Aさんの金遣いはめっぽう荒くなった。

金に困る生活を送っていた人間が、不相応な大金を手にしてしまうことほど、恐ろしいことはない。

箱を渡されてから一ヶ月、毎日欠かさず、五万円が振り込まれた。休日と祝日の後は、その日の分を合わせた額が、翌日に振り込まれていた。その合計額、百五十万。それが、一月経った頃には、十分の一以下にまで減っていた。恐ろしい浪費の仕方である。だが、Aさんは何の心配もしていなかった。

明日、五万円が振り込まれる。

その、根拠のない安心感があったから。

「ですが一月経った後、振り込みがぴたりと止まったんです」

何かの手違いだろう、Aさんは当初そう楽観していたが、それから何日経っても次の五万円が振り込まれることは無かった。

「ふざけるなよ、と思いました。でもそれは、そのまんま、私のことなんですけどね」

Aさんは金に溺れていた生活から無理矢理現実に引き戻された。そうなると、例の桐の箱のことを嫌でも思い出してしまう。この一ヶ月、意識的に開けることを避けていた押入れに目をやる。長い逡巡の末、遂にAさんは押入れを開けた。

桐の箱があった。


箱の外側に、無数の目玉が付いていていた。


Aさんは悲鳴を上げながら桐の箱を押入れから出した。

怒っている、と本能で分かったそうだ。

「申し訳ありません、申し訳ありません……」

一晩中、Aさんは謝り続けた。

「それから、私はその箱に囚われてしまいました」

桐の箱のことが頭から離れなくなった。

「言葉で説明出来ない感覚なのですが、強いて言うなら、記憶として思い出すのではなく、目の前に常に桐の箱があって、別のものを見ていようが瞼を閉じていようが、桐の箱の姿が常に目の前に浮かんでいる。そんな感じなんです」

そして桐の箱には無数の目玉がついており、それがギョロギョロと蠢《うごめ》いているのだそうだ。

――はやくだせ

目玉は、そう訴えかけているようだった。

「私は必死に除霊が出来る人を探しました。あの時の女の子を探しに行ったのもこの時でしたが、先ほど話した通り、彼女は既に退店し、行方を掴むことは出来ませんでした。ただ、大学時代の友達でオカルト関係に強い奴がいて、そいつから、ある人の名前を教えてもらいました」

Aさんはその人物の名前を口にした。私でも知っている、「その道」では有名な人だった。

「私は藁をも掴む思いで、桐の箱を持ってその人を訪ねました。しかし――」

屋敷の門前に、大柄な男が仁王立ちしていた。

Aさんが口を開こうとすると、男はさっと手を上げて、「帰ってくれや」と言った。

「アンタには関わりとうないんや。それをここには持ち込まんでくれるか?」

一方的な拒絶であった。男には、何故かAさんが今日ここに来ることも、「何」を持ってくるのかも分かっているようだった。


――この人は「ホンモノ」だ。


Aさんはその場に土下座した。

「お願いです。どうか助けてください!」

すると、男はツカツカとAさんの側まで歩み寄り、胸倉を掴んで引き起こすと、

「去ねや言うとるやろ」

顔面をボコボコに殴った後、Aさんを思い切り蹴り飛ばした。

「殺すぞ」

男の言葉は全くの本気であった。普通なら引き下がる所であったが、Aさんはそれでも怯まなかった。


――ここで引けば、死ぬよりも恐ろしい目に遭う。


そんな予感があった。

「助けて頂けるまで、俺はこの場を一歩も動きません！」

「おう、なら殺してやるわ。お前に憑いてるモンに関わるくらいなら、お前ぶっ殺して刑務所入る方がマシやからな」

男はそう言って、Aさんが気絶するまで殴り続けた。

「目が覚めた時、私は警察の留置所の中に入れられていました」

私物は没収されるはずなのに、桐の箱は何故かAさんの傍に置いてあった。留置所にこっそり置いていこうとしたが、警察は絶対にそれを許さなかった。

「私は、何故か窃盗犯として捕まっていました」

罪状は家宅侵入。相手方の厚意により不起訴となったが、以降あの屋敷には、近づかないように念書を書かされた。Ａさんにはどうすることも出来ない、不気味な圧力による仕業だった。

Ａさんは箱を捨てることを考えた。

……しかし、それをやったら恐ろしいことが起きる。

Ａさんは箱を開けることを考えた。

……しかし、それをやったら、もっと恐ろしいことが起きる。

本能が、そう確信していた。

「私は色々な手を使って箱の本来の持ち主を探そうとしました。けれど、一向に成果は得られず、手掛かりすら見つかりません。この箱自身のことも……」

箱の蓋に書かれていた梵字のようなものは、人類の歴史上存在しない言語であった。そもそも言語であるかすら不明なのだ。箱に関して唯一分かったことはそれだけだった。

「最近では、目玉以外にも無数の口が箱に生えてきていて――」

その口が、Ａさんに何事かを囁き続けていると言う。

ガラスに爪を立てたような音に似ているらしい。

Aさんは箱の現物を私に見せてくれた。私には目玉も口も見えなかったが、箱をまじまじと見つめると、恐怖と嫌悪を感じた。

――まるで、見つめ返されているような気がする。

「この箱が最終的にどうなって、私がどうなるのかは分かりません」

私を助けられる方に心当たりはございませんか？

最後にAさんは私にそう尋ねてきたが、残念ながら私は首を横に振ることしか出来なかった。

留守番百物語

小山内 英

四月一日　知人に頼まれてしばらく留守を預かることになったが、件《くだん》の一軒家には表札が七つも下げられていて、その中に知人の名はない。

二日　できれば掃除もしておいてくれると助かる、などと言われていたので掃除機を出したが、どうにも調子が悪くあちこち開いてみると、紙パックの中いっぱいに小さなお地蔵様がつまっていたので、まずは掃除道具を買ってこなければいけない。

三日　お隣さんだという人からゴミの日が書かれた表をもらったので眺めているのだが、火曜日と金曜日が「燃えるゴミの日」なのはよしとしても、木曜日が「いらぬ妻の日」というのはいかがなものだろうか。

四日　近所にさびれた商店街があるためそこで大抵の買い物を済ませているのだが、肉屋にだけは行ってはならんと知人に厳しく言われているので今日も素通りし、通りの向こうのスーパーに行く。

五日　廊下の壁の隅に、鍵穴の埋まった開かずの扉を見つけてしまったが、手のひらサイズなので気にしないことにする。

六日　やしらぎさんが訪ねてきたら居留守を使えと言われていたものの、どのような容姿の人か聞くのを忘れていたため、先ほどから家の周りをぐるぐる四つん這いで歩き回る御仁を無視していいのかどうか迷っている。

七日　留守中は猫の世話を頼むと言われていたのに、一度もその姿はおろか鳴き声さえ聞いたことがなく、しかしいつも夜中のうちに餌皿が空になっているので、今日も知人に言われた通り魚の煮つけなどを入れておく。

八日　妻から「いつになったら帰って来るの」と電話があり、あとひと月、いやもう一年ほどと答えて受話器を置いたところで、自分は独身であったことを思い出す。

九日　妙に鳥のさえずりが賑《にぎ》やかだと思い窓の外を見ると、見知らぬ大勢の人たちがこちらを見ながら舌打ちをしている。

十日　庭先を通りかかった野良犬が、十年ほど前に失踪した親友の声で「ここ掘れワンワン」などと言うが、その場所はコンクリートで塗り固められているので容易に掘れそうもない。

十一日　毎日餌を食べている猫がどこで用を足しているのかずっと気になっていたが、誰もいないはずのトイレに鍵がかかっていたので、人と同じトイレを使用できるとはなかなか賢い猫なのだなあと感心する。

十二日　隣家から預かった回覧板には、私の顔写真と生まれてからの詳細なプロフィールが記されたプリントが挟まっていて、赤字で「大切にしましょう」と書き添えられている。

十三日　どうもこの家はとある宗教の聖地となっているようで、数日に一度は見慣れない民族衣装の人たちが玄関前に集まり、聞きなれない言葉でお祈りをしていく。

十四日　暇をつぶせるものがないだろうかと覗いた書斎で見つけた大学ノートには、どういう訳だか私の幼少期の思い出が克明につづられている。

十五日　特定の人が家の前を歩くたびに、部屋の照明がチカチカと瞬くことに気が付いた。

十六日　買い出しに行く途中、ゴミ捨て場に年のいった女性が幾人か座り込んでいたので何事かと思ったのだが、全員ゴミ収集車に積み込まれるのを見て、今日は木曜日だったかと思い出す。

十七日　お隣さんと世間話をしているときに何気なくいらぬ夫は何曜日に出したらよいのだろうかと尋ねると、粗大ゴミの日で構わないとのことだった。

十八日　ここ数日、毎日郵便受けに誰かが書いた遺書が入っている。

十九日　スーパーへ行く途中に通りかかる商店街の肉屋の主人が、いつもこちらをにらんでいるような気がする。

二〇日　自室として使用している二階の客間では、夜中になると頭上から足音が聞こえるので天井裏をのぞいてみると、子供用の靴の左のみが十足分ほど転がっていた。

二一日　向かいの家はなかなかに壮観なゴミ屋敷だが、うずたかく積みあがった粗大ゴミの山の間から覗く学習机やサッカーボールに書かれたひらがなの名前は、どれも幼くして亡くなった私の同級生のものである。

二二日　風呂場で気分よく大声で歌っていると、外から強く壁を叩かれた。

二三日　勝手知ったる我が家となりつつある知人の家に、地下室があるのを今日見つけたので、明日は地下室探検をしてみようと思う。

二四日　蝨ｰ荳九?・蟒ｧ謨ｷ迚「縺ｫ縺ｯ遘√、蟒ｧ縺」縺ｦ縺?・◆繧

二五日　昨日の記憶がない。

二六日　そういえば地下室探検をしていないと思い階段を下ったが、十三段ほど降りたところで行き止まりとなり、花瓶にしおれた花が一輪さしてあるだけ。

二七日　家の前を「ご家庭で不要になりましたテレビ、エアコン、冷蔵庫、仏壇、ペット、祖父母、経歴、記憶など、どんなものでも回収いたします」という録音音声を流しながら、ゆっくりと車が通って行った。

二八日　庭木の下に子供が作ったような小動物の墓らしきものがいくつかあり、そこにたてられたアイスの棒には、最近亡くなった私の親戚たちのものと同じ名前がひらがなで書かれている。

二九日　冷蔵庫の作り置きの麦茶は、毎日飲んでいるはずなのに一向になくなる気配がない。

三〇日　この家の日めくりカレンダーは相当にめくりがいがあって、まだしばらくは四月が続きそうである。

三一日　居間にあるオーディオセットで音楽でも聴こうかと、パッケージに何も書かれていないレコードをセットすると、どこかの街角で録音したようなざわめきの中で、もうすぐ夕飯だと私を呼ぶ母に似た声が流れた。

三二日　近所の人がおすそ分けだと言って鍋一杯のセミの抜け殻を持って来た。

三三日　見知らぬ人が訪ねてきて、「あなたは神を信じますか」などと言うので適当に「はい」と答えると、おぞましいものを見るような目をして足早に立ち去った。

三四日　夜中に四方八方から犬の遠吠えが聞こえてきたので外を見渡すと、周りの家では屋根に上った家長と思われる人たちが、声高らかに吠えていた。

三五日　客間の掃除中、子供のころになくしたゲーム機と同じものが見つかったので懐かしく思い電源を入れてみると、セーブデータに私の子供のころのあだ名が表示された。

三六日　突然かかってきて名乗らない電話の相手に昔流行った詐欺かと身構えたが、よくよく聞いてみれば子供のころから世話になっている叔父の声で、金の無心をされることもなく、季節のあいさつと互いの近況とを話し合い和やかに受話器を置いたが、そこでどうしても叔父の名前を思い出せないことに気付く。

三七日　木曜日だというのに誤って夫をゴミ捨て場に放置した妻が、ゴミ収集車に回収されていく。

三八日　隣家から回ってきた回覧板には「皆さんゴミの日をきちんと守りましょう」と記載されている。

三九日　回覧板を次の家に持って行くと小学生くらいの子供が元気よく飛び出してきて、私の手から礼儀正しく回覧板を受け取ると、家の奥に向かってオオカミのような声で吠えた。

四〇日　天気の良い日は猫が屋根の上で日向ぼっこをしているようで、姿は見えないがみしみしと歩き回る音が天井のそこら中から聞こえてくる。

四一日　最近、呼び鈴が鳴って玄関に行くと誰もいないという事が多く、近所の子供のいたずらかと思い現場を押さえようとドアの隙間から外を覗き待ち構えていると、郵便受けから飛び出した小鳥がチャイムを押して、また郵便受けに戻っていった。

四二日　町内会長だという人が来て、最近困っていることはないかと気にかけてくれたので、近所の人も親切にしてくれるし何も不自由はないと答えると満足そうに帰っていったが、帰りがけに言った「例の件はどうか内密に」という意味が全く分からない。

四三日　あまりに田舎すぎるためか、家のそばのバス停は時刻表によると一日一本しか運行がないらしく、それでも毎日同じ時間に同じ場所で、同じ老婦人がバスを待っている。

四四日　トイレで切れかけの電球が瞬いていたので、ふと思い付きでモールス信号に変換すると、誰かを口汚くののしる悪口になった。

四五日　向かいのゴミ屋敷の主人と初めて話をしたが、意外にもなかなか気さくな人物で、「まだ使えそうなものが捨てられているとつい拾ってしまうんですよ」と言う彼の家の中を窺《うかが》い見ると、年のいった女性が幾人もくつろいでいる。

四六日　テレビで怪談師が「これは実際にあった話ですが」という前置きをして、昨日私が見た夢の内容を語っている。

四七日　回覧板で受け取った「計画停電のお知らせ」によれば、今夜から三日夜間に停電するそうで、その間は決して家からは出てはならず、家中のすべてのカーテンを閉め、窓の外は見ないようにし、なるべく大きな音は立てないようにしなければいけないらしい。

四八日　停電の最中は小さな明かりもつけてはいけないそうなので、手探りでトイレに向かう途中なにか柔らかいものを踏んづけてしまい、とっさに猫かと思って謝ると抗議するように足の甲に爪をたてられた。

四九日　真っ暗な家の中で息を潜めていると、外から大勢の人間の笑い声や喝采、悲鳴、怒声、万歳三唱が聞こえてくる。

五〇日　とても良い天気だったので朝早く外に出ると、庭がひどく荒らされていて、生き物の血や内臓らしきものがそこら中に飛び散っており、警察に通報するべきかどうか外で慌てているところに、隣の奥さんが「停電の後は片付けが大変ね」と笑いながら臓物の入ったゴミ袋を持って出てきた。

五一日　数日前、猫の仕業か玄関先に落ちていたネズミを哀れに思い庭の隅に埋葬したのだが、その日から行く先々で犬に吠えられるようになった。

五二日　廊下の一角が雨漏りしているようで、外が晴れていようがお構いなしに水たまりができている。

五三日　新聞のお悔やみ欄に書かれている三十五人の名前はすべて高校のクラスメイトのものと同じだが、いずれも年齢が違うため同姓同名の別人のはずで、しかしそこに私の同姓同名がいないのが、仲間外れにされたようで少し悔しい。

五四日　訪問販売の表札屋だという人が訪ねてきたが、広げた商品の中に私の苗字がなかったので、しかたなく初恋の人の苗字が彫られた表札を購入して玄関に掲げた。

五五日　軒下に吊るしっぱなしの風鈴は、普段どんなに風が吹いても全く鳴らないのに、家の前を黄色いタクシーが通りかかったときだけは、狂ったようにチリチリチリチリ鳴り響く。

五六日　たまには玄関の掃除でもするかと下駄箱を開けると、泥だらけの全く同じデザインの同じサイズの女物の靴が十足ほど転がり出てきたので、やる気をそがれて何も見なかったことにして元に戻した。

五七日　商店街の肉屋の前を通るときは息を止めた方がいいよ、と見知らぬ子どもがそっと教えてくれた。

五八日　天気の良い日は昼寝をしていると、どこからか拙いピアノの葬送行進曲が聞こえてくる。

五九日　誰のいたずらか、庭に干していた洗濯物すべてに、赤子ほどの大きさの手形がついていた。

六〇日　頼んだ覚えのない宅配ピザが各社合わせて十枚ほど届いたが、どの配達員に確認しても電話も住所もこの家のもので、支払いはすでに済んでいると言うので仕方なく受け取ったものの、どう考えても一人で食べきれる量ではない。

六一日　猫もピザを食べるらしい。

六二日　隣の奥さんと世間話をしている最中、通りかかった町内会長が何度も目配せしてくるのだが、何の合図か全く分からない。

六三日　学校で緑地化運動をしているという少女が来て、庭に花の種を蒔かせてくれというので了承したら、赤いレゴブロックを埋めていった。

六四日　さっきからずっと、救急車と霊柩車が追いかけっこをするように、家の前を何度も通り過ぎていく。

六五日　外は雲ひとつない良い天気なのに、どこからかゴロゴロと雷の鳴る音が聞こえるが、ひょっとして姿の見えない猫が喉を鳴らしている音なのだろうか。

六六日　居間のカーペットをめくると隠し部屋の扉らしきものがあり、ドキドキしながらそっと開いたがコンクリートで埋められてしまっていた。

六七日　商店街の肉屋の前を通ると、いつも居る店主が不在だったので、こっそりショーケースの中を覗いてみると、「豚バラ」「牛ロース」「鶏もも」「人魚尾」「○○うで」などと書かれているのが見えた。

六八日　町内会長から電話がきたかと思えば「昨日の話はなかったことに」と言って一方的に切れたが、昨日は会っていないし話もしていない。

六九日　「居間のソファで眠ると必ず悪夢を見るのはこれのせいだったのか」と、ほつれた縫い目の隙間からはみ出た様々な色、質感、長さの髪の毛を見て思う。

七〇日　向かいのご主人が「最近面白い楽器を拾ったので練習中なんです」と言って見せてくれたのはどう見ても木魚だったが、どう反応するべきか迷ったすえに「今度演奏してくださいね」と言っておいた。

七一日　今朝届いた新聞は印刷ミスのためか、すべて鏡文字で書かれていた。

七二日　家の前を通った花嫁行列は新郎がおらず、先頭の新婦が骨壺を抱いている。

七三日　最近ようやく慣れてきたのか、曇りガラス越しに歩く猫の姿を見かけるのだが、毎回大きさが違う気がする。

七四日　買い出しの帰り道、前方を自分によく似た背格好の人が歩いていることに気付き、服装もよく似ているし、これで顔も同じだったらとドキドキしていたが、そうこうしているうちに家についてしまう。

七五日　雨音が聞こえた気がして洗濯物を取り込むために庭へ飛び出すが、外は快晴で向かいの家の庭に並んだ何十台ものテレビが砂嵐の画面を表示している。

七六日　天気が良いので布団でも干そうかと二階の屋根に上ると、遠くの民家に私と同じように屋根に出ている人と目が合って、なんとなく照れ笑いして会釈をすると、向こうも同じように頭を下げ、屋根から飛び降りた。

七七日　出した覚えのない手紙が、何通も宛先不明で返って来る。

七八日　さきほどから何人も見知らぬ人が訪ねてきては、「やしらぎ様のお宅はどちらでしょうか」などと言うのだが、「あいにく存じ上げない」という私の返事へ丁寧に頭を下げて帰っていく人々は皆、腰に大きな鉈をぶら下げている。

七九日　あまりの眠気にソファから動けず目を閉じてじっとしていると、大きくて暖かく獣臭い何かが、そっとよりそうように隣にうずくまったので、こんなに近くへ来るほど猫が慣れてくれたのかと思いながら眠りに落ちる。

八〇日　隣の奥さんから、この町内に町内会長と呼ばれる人はいないと教わる。

八一日　風呂場の鏡がマジックミラーだったことに気が付いた。

八二日　家を訪ねてきたリフォーム業者の、「外壁が痛んでいるし、三階部分が崩れ落ちそうなので早急に対応するべき」という営業トークを聞きながら、この家は二階建てだといつ切り出そうか迷っている。

八三日　数日前にマネキンを大量に積んだトラックが来て、町内のあちこちに投棄していったが、今朝見るとすべてのマネキンが、向かいの家の庭でめいめいにくつろぐような格好で座っている。

八四日　庭先にいつか見た野良犬が入り込んで、十年ほど前に失踪した親友の声で「どうしてここを掘ってくれないのかワンワン」と恨みがましく言って去った。

八五日　神棚に生肉を供えると、たちまち腐るという発見を誰かに話したくて仕方がない。

八六日　今朝からヘリコプターが家の上空を旋回していると思っていたら、突然知人から電話が来て「今日は絶対に家から出るな」と忠告される。

八七日　天気が良いので縁側でうたたねをしていたら、額に水滴が当たったので雨かと目を覚ますと、だらだらとよだれをたらした隣のご主人が、覆いかぶさるようにこちらを覗き込んでいる。

八八日　隣家の表札の名前が突然変わったかと思うと、ゴミ置き場の破れたソファや古箪笥《ふるだんす》の間に隣のご主人が座っていた。

八九日　毎日一本しかこないバスを待つ老婦人がいつも立っている辺りに、こぶし大の石がいくつも積み重ねられていて、時刻表には廃線のおしらせが貼られている。

九〇日　「不審者が町内中の家を覗き込んでは、三度頭を下げて回っているので注意するように」という緊急連絡が来て、確かに言うとおり見知らぬ人が一軒一軒玄関先に頭を突っ込んでいたが、どういう訳かうちの前だけは素通りして行った。

九一日　商店街の肉屋にいつもの店主がおらず、替わりに見たことのない若い女性が座っていて、ショーケースには大きな肉の塊が一つだけ置かれている。

九二日　水を飲もうかと蛇口をひねると、白くて小さい蛇がぞろりと這い出して、そのまま排水溝にするすると消えて行った。

九三日　テレビをつけたまま台所で洗い物をすると、手を滑らせてコップや皿を割ったタイミングで拍手喝采が起こることに気付いた。

九四日　スーパーで買ってくる玉子は、割るときに悲鳴が聞こえるものほど美味しい。

九五日　最近よくすれ違う集団下校中の小学生たちは皆、私の頭上を食い入るような目で凝視する。

九六日　どこからか入り込んだ羽のある虫が家中を飛び回り、耳元で「モウスグ、モウスグ」と鳴いて窓から逃げて行った。

九七日　日めくりカレンダーの厚みからすると、そろそろ四月も終わりが近づいているようだ。

九八日　最近猫が爪とぎをするため、天井が傷だらけだ。

九九日　床下から、この家と世界にかかわる秘密の記された文書が見つかった。

五月一日　呼び鈴が鳴ったので玄関に出ると、見知らぬ人が「留守番に来たぞ」と古い知人のように言うので、近所のことや猫のこと、その他諸々を説明したあと家の鍵を渡して後をまかせて、私は二度とその家には戻らなかった。

邪の章

家族ごっこ

九度

『久しぶり。山本です。

突然で驚いただろう。ちょっとお前に相談したいことがあったから、共通の知人に連絡先を聞いてメールさせてもらったんだ。

実は今年で中学三年生になる息子の様子がおかしくてな。家の中に幽霊がいるとかなんとか言って、家に居ることを怖がって困ってるんだ。

実話怪談作家をやっているお前なら、力になってくれるんじゃないかと思ってさ。時間のある時でいいから、少し話を聞いてやってくれないか』

大学時代の友人の山本からそんなメールを貰ったのは、今から二週間ほど前のことだ。

友人と言ってもそれほど親しかったわけではない。学生時代に共通の友達を交えて彼と遊んだことなら何度かあるが、山本と二人きりで遊んだ記憶はないし、大学を卒業してからは一度も連絡を取り合っていない。その程度の知り合いである。

そんな彼がわざわざ私に連絡を寄越してきたのだから、そうとう困っているのだろう。

『僕には霊感も、幽霊を祓う能力もないから、話を聞くことしか出来ないけれど構わないか？』

私がそう尋ねると山本から、『話を聞いてくれるだけでいい』という旨のメールが返ってきた。


山本の家は郊外の閑静な住宅街の中にあった。小さな庭がついた二階建ての一軒家で、駐車場には黒のミニバンが停まっており、家の中から子供がきゃっきゃとはしゃぐ声が漏れ聞こえてきた。

私がインターホンを鳴らすと山本はにこやかに出迎えてくれた。

久しぶりに会った彼にはずいぶん老けた印象を受けたが、それはお互い様である。垂れ気味の目尻や人懐っこい笑顔は学生の頃となにひとつ変わっていなかった。

「わざわざ来てもらって悪いな」

山本はそう言いながら私をリビングへと案内した。

四人掛けのテーブルには、色白の三十代後半くらいの華奢《きゃしゃ》な女性が座っていた。彼女は私と目が合うと立ち上がり、「妻の香織です」と頭を下げた。

私は彼女に手短に自己紹介をしてから、周囲を見渡した。開放的なリビングには私と山本夫妻のほかに人影はない。

「ええと……息子さんは？」

「息子に話を聞く前に、妻からいつからおかしくなったかとか、普段の様子とかを、話しておいた方がいいんじゃないかと思ってな」私の向かいに座った山本が言う。

「といっても、あまり参考になるようなお話ができるかどうか……」

「些細《ささい》なことでも構いません。ぜひお聞かせください」

困ったように眉間に皺を寄せる香織へ強く頷くと、彼女はほっとした様子で語り始めた。

「息子の晃弘の様子が変だと気がついたのは今から二ヵ月ほど前のことでしょうか。学校からの帰りが遅くなったんです。晃弘は部活に入っていませんし、オタクというか……内向的な性格なので、放課後は外で友達と遊ぶよりも家でゲームをしている方が好きなんです。だから今までは学校が終わるとすぐに家に帰ってきていました。

そんな晃弘がある日突然、まっすぐ帰宅しなくなったんです。最近は夜の八時や九時に帰ってくるのが当たり前で、制服のまま遅い時間にうろついているので、警察に補導されたことも一度や二度ではありません。

気になった私は、どうして最近帰りが遅いの？　と晃弘を問いただしてみました。すると晃弘が言ったんです。家に幽霊がいるから帰りたくない、と。

私はてっきり晃弘が、素行の良くない友達と遊んでいるんじゃないかと思っていたんですけど、まさかそんな答えが返ってくるなんて」

「幽霊、ですか」

「ええ。家に一人でいると幽霊が出るから、私が仕事から帰ってくるまで外で時間を潰しているそうです」

「晃弘君以外にその幽霊を目撃した方はいないのですか」

「私も、下の子の照美も見たことがありません」香織は頭を振ったあと、夫のほうに目を向けた。

「あなたもよね？」

「見たことがないな。俺の場合は、仕事でほとんど家にいないせいかもしれないが……」

「晃弘が怖い顔で天井をじっと睨んでいる姿や、わずかに開いた押し入れの隙間を青白い顔で見つめている姿は、私も何度か見たことがあるんですけど。幽霊となると……ねえ？」

香織は困った様子で頰に手を当てた。

「その幽霊に心当たりはありませんか？　例えば最近、身内の方が亡くなったとか、心霊スポットに行ったとか」

私の質問に山本夫妻は揃って首を横に振った。

「受験のストレスで心身のバランスを崩してしまっているのかとも思ったんです」と香織。

「でもどうも様子が尋常ではなくて。お兄ちゃんなんだから、しっかりしてほしいんですけど」

「なるほど……。では、そろそろ晃弘君に話を聞きに行っても構いませんか」

私がそう尋ねると、香織は微笑んで立ち上がった。

「ええ、もちろんです。晃弘の部屋はあちらの階段を上がって左側にあります。右側は妹の照美の部屋なので間違えないでくださいね」


階段を上がると奥へ続く短い廊下があった。

廊下の右手にはピンクの文字で『てるみのへや』と書かれたかわいらしいネームプレートが掛かった扉があり、左手には青い文字で『あきひろのへや』と書かれたネームプレートが掛かっている扉があった。廊下の奥の扉には何も掛かっていないが、おそらく夫婦の寝室だろう。照美の部屋の中からは微かに、ぎっぎっと部屋の中を歩き回っているような足音が聞こえていた。


左手の扉をノックすると、「どうぞ」と声が返ってきた。

晃弘の部屋はよく片付けられていた。オタクというだけあってベッド脇の本棚には漫画やゲームソフト、アニメキャラクターのフィギュアなどが所狭しと並んでいる。

その部屋の真ん中に晃弘は座っていた。

色白の肌と華奢な骨格には、どことなく母親の面影がある。

私は彼の対面に置かれた座布団に座ると、話を切り出した。

「君は家に幽霊が出て困っているそうだね。すこし話を聞かせてもらえないかな」

「僕が困ってる？」晃弘が眉を顰《ひそ》めた。「べつになにも困っていませんよ」

「だけど君は幽霊がいるから家に帰りたくないんだよね？　君が困っているから話を聞いてあげてほしいと、お父さんに頼まれて僕はここに来たんだけど」

「父がそう言ったんですか？」私の言葉を聞いた晃弘は困惑した様子で首を傾げた。

「変ですね。僕は父に『怪談話を集めている友人がいるから、家に居る幽霊の話を聞かせてあげてほしい』と頼まれたんです。まあ、たしかに幽霊が出るのは嫌だけど……。でもいいんです、べつに。除霊だのお祓いだのは望んでいませんから」

「それじゃあ、君のお父さんが嘘をついて僕をここに呼びだしたってことかい？」

私がそう言うと、晃弘は「そうなりますね」と肩をすくめた。

（なんなんだよ一体……）

私は小さくため息を吐いて髪を掻き上げた。頭が混乱していた。嘘をついた山本の意図についても、晃弘の奇妙な言動についてもさっぱり訳が分からなかった。

「とりあえず君の話を聞かせてもらえるかな。なにか手掛かりが掴めるかもしれないから」

私がそう頼むと晃弘は素直に頷き、話を始めた。

「あの人形が家にやって来たことが全てのはじまりでした」

二ヵ月前のとある夕方、父親が段ボールを小脇に抱えて家に帰ってきた。

いつも深夜過ぎに帰宅する仕事人間の父の帰りが、その日に限ってやけに早かった。

「どうしたの、その段ボール」

晃弘が尋ねると父は上機嫌で箱を差し出してきた。

「知り合いの骨董屋から貰ったんだ。開けていいぞ」

晃弘は怪訝《けげん》に思いながらも受け取って、蓋を開けた。

中に入っていたのは、古びた人形だった。

どうやら市松人形のようだが、赤い着物は色褪せ、白い肌は手垢や埃《ほこり》で黒ずんでいる。濡れたような黒い瞳と、薄く開いた唇の間から覗く歯が妙に生々しい。そしてなにより気味が悪かったのは人形の髪型である。本来おかっぱであったであろう髪は、あちこち無造作に短く切られて無残な様相を呈していた。

背筋に冷たいものが走り、晃弘は思わず手を引っ込めた。一目で良くないものだとわかった。

「お父さん、これなに」

「かわいい人形だろ。部屋に飾ろうと思ってな」

人形も十分に気味悪かったが、満面の笑みで答える父の方がずっと恐ろしく、晃弘はなにも言うことができなかったそうだ。

その日から人形は、山本家のリビングの棚に飾られるようになった。

洋風の家具で揃えた瀟洒《しょうしゃ》なリビングに、薄汚れた市松人形は実に不釣り合いで、視界に入るたびにげんなりした気分になってしまい、あんな不気味な人形を置いておく父の神経が理解できなかった。

それに、何よりも嫌だったのが視線である。

あの人形が家に来てからというもの、家の中にいるとき、いつも誰かに見られているような気がするのだ。リビング、自室、洗面所など場所は関係なく、じっとりした視線が身体にまとわりついてくる。周囲を見回しても、自分のほかに誰もいない。だからこそ余計に気味が悪いのだ。

あの人形、捨ててくれないかな。そんなことを思っていた矢先にその出来事は起こった。

ある日、自室で眠っていた晃弘は夜中にふと目を覚ました。

今は何時だろうと、枕元の時計を見ようとしたところで気がついた。金縛りである。誰かに身体を押さえつけられているかのように、指一本動かすことができない。

時計の秒針の音と、自分の息遣いだけが真っ暗な部屋の中に響いている。

晃弘は肌が粟立つような恐怖を覚えた。

金縛りが怖かったからではない。以前から感じていた例の視線が、今夜に限って何倍も強く感じられたからだ。まるで何者かが闇の中で、息を殺してこちらをじっと見つめているかのような粘っこい視線。

晃弘は必死になって金縛りを解こうとしてみたが、身体はぴくりとも動かなかった。

その時、足元の暗がりから奇妙な音が聞こえてきた。

ぎりっ。

ベッドが軋むような、あるいは歯軋りのような音。

晃弘がそちらに視線をやると、足元の暗がりに黒い影のようなものが蹲《うずくま》っているのが見えた。

暗闇の中に白い顔が浮かび上がり、薄く開いた口の間から小さな白い歯が覗いていた。

見てはいけない。そう直感した晃弘は咄嗟《とっさ》に目を閉じた。

影は掛け布団越しに晃弘の足首を掴んでいる。

ぎりっ。ぎりっ。ぎりっ。

影は奇妙な音を鳴らしながら、四つん這いでゆっくり晃弘の方へと近づいて来た。

先ほど足元に蹲っていた影はいま、晃弘の腹の上にまで来ていた。こみ上げる恐怖と圧迫感でうまく呼吸ができなかった。

ぱらぱらと何かが顔の上に落ちてきた。髪の毛だ。影が覆いかぶさるように自分の顔を覗き込んでいるのだ。

ドクドクという鼓動が耳の奥でうるさいくらいに鳴り響いていた。

饐《す》えた臭いが鼻をつく。影は息がかかりそうなほどすぐ近くまで来ていた。

ガサガサに乾いた手が晃弘の両頬に触れた。固くざらついた指が瞼の上から眼球を押さえているのが分かる。このまま目を抉《えぐ》られるのではないかという恐怖が晃弘の全身を貫いた。

ぎりぃっ。

ひときわ大きな音が耳元で聞こえた瞬間、晃弘は意識を失った。

気がつくと朝になっていた。朝日が射し込む部屋の中に昨夜見た影はどこにもいない。

じっとりと汗ばんだパジャマが肌に張りついている。恐怖は未だに残っているが、朝になったという安堵からか、昨夜のことはただの夢だったようにも思えてくる。

家を出る頃には昨日のことはすっかり頭の隅に追いやられていた。

学校から帰ってきた晃弘はリビングのソファに座って、テレビゲームに興じていた。家には自分一人きり。

棚の上に置いてある人形は見られる気がして気味が悪いので、後ろ向きにしておいたし、ゲームをしている時は存在を忘れることができた。そのため晃弘はのめり込むように遊んでいた。

ふと気がつくと時刻は夕方の六時を回っていた。西日が窓から射し込んでいるとはいえ、電気を点けていないため部屋の中は薄暗い。

もうそろそろゲームをやめないと。そう思って立ち上がろうとした時だった。

ぎりっ。

昨夜の音が部屋の中に響いた。

反射的に音のした方に目を向けると、人形の首が音を立ててゆっくりと回転していた。先ほどまで壁を向いていたはずの人形の頭が今は横を向いている。

ぎりっ、ぎりっ、と音を立てるたびに、人形の首はまるで晃弘の姿を探すかのように動いた。耳、頬のふくらみ、鼻、そして薄く開いた唇がゆっくりと晃弘の方に向けられていく。人形の首が完全に晃弘の方へ向いた瞬間、人形の頭は身体を棚の上に残して、ごとりと床に落ちた。

薄笑いを浮かべた人形の首は晃弘のことを見上げていた。

昨夜の出来事は夢でも幻でもなかったのだ。ぞわっと肌が粟立つような感覚を覚えた晃弘は弾かれたように部屋を飛び出した。


「あの日を境に、家の中にいる『何か』の存在は日増しに強くなっていきました」晃弘が言う。

「これまでは視線を感じるだけだったのに、今は視界の端を黒い影が横切ったり、誰もいないはずの部屋から話し声が聞こえたりするんです」

「その人形は今どこに？」

先ほどリビングを見た時には、市松人形はなかったはずだ。

晃弘は私の背後にある部屋のドアを指差して答えた。

「向かいの部屋」

「というと、今その人形は妹さんが持っているのかい」

私が尋ねると、晃弘は頭を振った。

「僕に妹はいません」

「えっ、向かいは妹さんの部屋じゃないの？」

「母はあの人形が家に来て以来おかしくなりました。人形を自分の娘だと言って聞かないんです。信じられないなら確認してもらって構いません」

彼はそう言うと自室を出て、正面にある照美の部屋のドアを開けた。

おそるおそる中を覗くと、家具が一切ないがらんとした部屋が広がっている。その部屋の真ん中には、市松人形が置かれていた。実に異様な光景だった。

「母はあの人形を照美と呼び、毎日人形へ話しかけ、ご飯を作って、まるで本当の娘みたいに接しています。

でも僕は、この人形に宿っているのは、娘だなんてかわいらしい存在ではないと思うんです。だって金縛りにあった時に、僕の顔に触れた指はガサガサした老人のような指でしたから」

私は絶句した。まさかおかしくなっていたのが晃弘ではなく母親の方だったとは。

「晃弘君、今すぐ人形を手放した方がいい」

私の言葉に晃弘は静かに首を振った。

「言ったでしょう、お祓いは望んでいないと。僕はこれでいいんです」

「しかし……」

「母は酷い人でした。父が仕事で忙しいのをいいことに、よそに男を作って僕のことは放ったらかし。ネグレクトも同然で、運動会も授業参観も僕はいつだって一人でした。

でもあの人形が来てから、母は男遊びをしなくなったんです。初めのうちは、人形をまるで自分の子供のようにあやしている母の姿を気味悪く思っていました。

だけどある朝、僕が起きていくと母は食卓に料理を並べていたんです。

テーブルの上には三人分の食事が用意され、椅子の上には市松人形が座っています。唖然とする僕に母は言いました。

『ご飯できてるわよ。早く手を洗ってきなさい』と。

この言葉を聞いた時、僕は思わず泣いてしまいました。あの人が久しぶりに母親らしいことをしてくれたからです。僕は数年ぶりに母の手料理を食べたんです」

晃弘はまっすぐに私の目を見て言葉を続けた。

「歪んだ考えなのは分かっています。でも僕はもう少しだけ、この家族ごっこを続けていたいんです」

晃弘の悲痛な想いに私はなにも言うことができなかった。彼の最後の言葉がいつまでも耳に残っていた。

――僕はいま、幸せなんです。

道の両脇に並んだ街路樹が一定のスピードで後ろに流れていくのを、私は助手席に座って眺めていた。

運転席には山本が乗っている。

話を聞いてくれたお礼に家まで送るという彼の言葉に私は甘えることにした。あんな話を聞いた後だったので私はひどく疲れていた。

「どうだった?」山本が尋ねてくる。

私は少し迷ったが、晃弘から聞いた話を包み隠さず山本へ報告した。

人形のこと、晃弘が見た影のこと、妻の香織がおかしくなっていること。

「お前が貰って来たあの人形はまずい。早く手放さないと——」

私はそう言って山本の方に顔を向けたところで、ぐっと言葉をのみこんだ。

山本は顔を歪めながら、肩を小刻みに上下させている。彼は笑っていた。

「間抜けだろ、あいつら」

「は?」

「あの人形さ、持ち主がおかしくなる曰く付きの品だって聞いたから、骨董屋の友達に無理言って譲ってもらったんだ。嫁の浮気癖があまりにも酷いから、ちょっと懲らしめてやろうと思ってな。まさかあんなことになるとは思ってなかったけど」

「だったらほかにも方法があっただろ。息子の晃弘君にまで被害が及んでいるんだぞ」

「あいつは俺の息子じゃない。嫁が浮気相手の子種を孕《はら》んで出来た子供だから、どうなろうが知ったこっちゃないんだ」

彼の指先が、ハンドルの上で嬉しそうにリズムを刻んでいる。

「お前、どうして僕に彼らの話を聞かせたんだ。全部お前が仕組んだことなら、僕を呼ぶ必要なんてなかっただろう」

「決まってるだろ。あいつらの話を書かせるためだよ。馬鹿で間抜けな家族ごっこを、世間に晒されて笑いものになればいいんだ」

身体を曲げて、くっくっくと笑う山本の横顔を、私は呆然と眺めることしか出来なかった。

蚯蚓《ミミズ》屋敷

柳

ガキの頃、近所に「ゴーキチじーさん」という名物じーさんがいた。

このじーさん、絵に描いたような偏屈じーさんで、俺の知る限り仲の良い奴なんていなかったと思う。色々と悪い評判には事欠かないじーさんだったんだが、中でも有名なのはアイツが住んでいた家についての噂だ。

じーさんは平屋の一軒家に一人暮らしをしていて、庭には粗大ごみや家電といったガラクタが所狭しと積まれていたんだ。そのお陰で外から見たらあの家、ゴミ屋敷にしか見えないでやんの。当然、民生委員やご近所さんにも何度も注意を受けていたよ。全く聞きやしなかったんだが。

妙なのは庭がそんな有様だってのに、家の中はキチンと片付けられていると、専《もっぱ》らの噂になっていた。というか、本来家の中に置くべき家電とか家具とかを、わざわざ外の庭に放り出しているらしかったんだよ。訳を訊いてみると、こう答えたんだと。

「蚯蚓《ミミズ》が湧くんだよ」

どーやらじーさん、大の蚯蚓嫌いで、ソイツらが出てくるからって、土が剥き出しになっている部分がどうも気に入らなかったらしい。それで、あんな真似をしていたんだと。

てなわけで、じーさんが住んでいたあの家はいつしか「蚯蚓屋敷」って呼ばれるようになった。

そりゃあ、俺も初めにそれを聞いた時は、「なんだそりゃ」って笑ってたよ。けどよ……あんなことがあってから、笑い事じゃないって知っちまったんだよな……。

事の始まりはじーさんがなんかの病気で倒れて、しばらくの間入院するって話が広まったこと。となると当然、あの蚯蚓屋敷はもぬけの殻ってことになる。

当時生意気な小学生だった俺は、所謂《いわゆる》悪ガキグループに加わっていたんだが、その中の誰かが「ゴーキチじーさんのいなくなった蚯蚓屋敷で遊ぼうぜ」って話を持ち出した。まあ、言うまでもなく立派な不法侵入なんだが、馬鹿だった俺は諸手を挙げて賛成してたよ。

てなわけでその日の放課後、早速俺らは蚯蚓屋敷を訪れた。幸いにも庭のガラクタはまだ放置されていて、そこでかくれんぼをしようぜってことになった。

ジャンケンで鬼を決めた結果、俺は隠れる側になった。鬼が三十秒数えている間、俺達は庭を駆け回って隠れ場所を探す。

足元に目を向ければ、ガラクタの置いてない地面には真っ白な砂利が敷いてある。そういえばあのじーさん、庭をガラクタ塗《まみ》れにする前は、砂利で地面を敷き詰めようとしたんだっけ。そんなことを思い出しながら走り回っていると、あっという間にタイムリミットが近づいてきた。

急がねえと。焦る俺の目に、古びた冷蔵庫が映った。下の部屋の扉が、まるでこちらを誘うように少し開いている。スペース的にも、隠れるのにもってこいだ。

天の助けとばかりに近づいた俺は、恐る恐る扉を開いて中を確認する。大丈夫だ。入れる。安心した俺が、片足を突っ込んで乗せてみると――ガコッと音を立てて、冷蔵庫の床が抜けた。

ギョッとしたが、カウントは既に三十秒目前。迷っているヒマは無い。俺は慌てて身体を冷蔵庫の中に滑り込ませ、外を向く形でしゃがみこんだ。流石に扉を全部閉めると暗すぎて不安だったため、少し開けた状態にして外の様子を窺《うかが》うことにした。

「もぉーいーかぁーい？」

やがて少し離れた場所から、鬼役が呼びかける声が届く。俺は他の奴と一緒に「もぉーいーよぉー！」と声を張り上げ、自分の隠れ場所に自信を持って息を潜めた。

「どこー？」

さて、見つけられるかな？　ワクワクしながら鬼の声を聞いていた、その時だった。

どこだ

不意にすぐ近くから、子供にしては妙に低い声がした。

空耳かと思って首を傾げた次の瞬間――バタリと大きな音を立てて、冷蔵庫の扉が閉まった。

当たり前だが、俺の周囲は暗闇に包まれた。仰天した俺は、悲鳴を上げながら扉を押し返そうとする。だが、どういうことだろう。扉はビクともしない。まるで、誰かが外から抑えつけているみたいに。

グループの誰かが、俺を驚かそうとしているのか。そんな願望染みた推測を裏切るようにして、今度はより大きな声が響いた。

どこだぁぁぁぁ

どう聞いても、子供が出せる声じゃない。
しかも、冷蔵庫の中で響いている気がする。俺一人しかいないハズの、この空間の中で。
塞がれた視界の中で、俺は必死に冷蔵庫のドアを押し続けた。そんな俺の焦りを知ってか知らずか、声は更に大きくなる。

どこだぁぁぁぁぁ　ごーきちぃぃぃぃぃぃ

ゴーキチじーさん？　その言葉に思わず手を止め、首を傾げた俺の足元で。

ぐにゅり

と、何かが蠢《うごめ》く感触がした。
背中に冷や汗が流れるのが、自分でも分かる。気のせいじゃない。暗すぎて全く見えないけど、ナニカがそこにいる。固まる俺の足首に、冷たくうねるナニカが。

ぴとり

と触れた。それと同時に、更に声が大きくなる。

ごぉぉおきちぃいぃいぃいぃいぃい　どぉこぉだぁあぁあぁあぁ
ごぉおきちぃいぃいぃい　ごぉきちぃいぃいぃ　ごぉぉぉきちぃいぃいぃいぃい
どぉぉぉぉぉおおぉおぉお　こおぉぉぉぉおぉ　だあぁあぁあぁあぁあぁ

喉から、絶叫が迸《ほとばし》った。半狂乱、というかもう狂ったような勢いでドアを何度も、力の限り押した。けれども扉は相変わらずビクともしないし、声はひっきりなしに響き続けている。
異変はそれだけじゃなかった。足元で蠢いた、あの不快な感触。それが、段々とせり上がってきやがったんだ。

うぞうぞ　うぞうぞ
ぐにゅ　ぐにゅ　ぐにゅ　ぐにゅ
ぞわぞわ　ぞわぞわ

キモイ。怖い。助けて。

鳥肌の立った全身から冷や汗を流し、頭の中がそんな感情で一杯になる。そうこうしている間にも、気色悪い感覚はみるみるうちにせり上がってくる。足首からふくらはぎ、更に膝へと。

そしてその感触が、腰の辺りまで迫ってきた瞬間——反射的に、俺は叫んでいた。

「ゴーキチジーさんなら、ゴーキチジーさんなら、病院だよう!!」


次の瞬間、今まで微動だにしなかった冷蔵庫の扉が、嘘のようにスッと開いた。扉を開こうと寄りかかっていた俺はバランスを崩し、思いきり外へと転がり出る。バタバタと、手足で地面を掻くようにして進んだ先では——悪ガキ仲間達が、目を丸くしていた。

どうやら、他の面子は既に見つかっていて、残りは俺だけだったらしい。

「オイオイ、どうしたんだよ？　せっかく、オレらが見つけようとしてたのに」

リーダー格の奴が、不思議そうな顔をして訊いてくる。未だパニックが収まらない俺は、しどろもどろになりながらも何とか答えようとした。

「れ、れいぞうこ、れいぞうこのなかぁ！」

「冷蔵庫ぉ？　あぁ、そういうことか」

そう言って、揶揄《からか》うような笑みを浮かべていた友人達《ダチ》は。

「オマエ、冷蔵庫に隠れて怖くなったってワ……ケ………」

俺の後ろ側に目を向けた途端、凍り付いたようにその表情を固まらせた。つられて振り向いた俺も、きっと同じ面《ツラ》をしていただろう。なんせ――

うぞうぞ　うぞうぞ
ぐにゅぐにゅ　ぐねぐね
ぬちょぬちょ　ぬちょぬちょ
ごそごそ　ずるずるずる

――そんな音を立てながら絡まり合う、信じられない量の蚯蚓の群れが、雪崩のように冷蔵庫からはみ出していたのだから。

そんな出来事があったもんだから、俺達は悲鳴を上げてその場から逃げ出したんだが――実はこの話には解決編というか、後日談みたいなもんがある。あの後、入院先にいたゴーキチじーさんが突然パニクって、とんでもないことを白状しやがったんだ。

何とゴーキチじーさんは、殺人犯だった。

金をせびりにきた友人と口論になった末、自宅で殺しちまったのだという。死体は庭の土の下に埋め、告白したその日までずっと隠し通していたそうだ。

じーさんの話を聞いた警察が庭のガラクタをどかし、地面を掘り返してみると、果たして死体は見つかった。流石に時間が経ち過ぎていたのか、すっかり骨だけになっていたみたいだ。

これは俺の素人考えなんだが、あの日見た蚰蜒の群れには、じーさんに殺された奴の怨念みたいなものがとり憑いていたのではないかと思う。じーさんが自白したのだって、病院でソイツに化けて出られたからかもしれない。あの声だって、じーさんを探していたみたいだし。

当然ながら、じーさんは警察に取り調べられた。当時は殺人事件にも時効ってヤツがあったから、逮捕までには至らなかったらしい。だけど取り調べの最中、何故かじーさんの病状が悪化し——アイツが蚰蜒屋敷に戻ってくることは、二度と無かった。

じーさんがいなくなってから、蚰蜒屋敷にあったガラクタは全て捨てられ、建物自体も取り壊されてしまった。更地になったその土地はお祓いを受け、空き地として売りに出された。

案の定、「いわくつきの場所」ってことで中々買い手がつかなかったんだが……。

つい最近、あの場所にはアパートが建てられた。既に何人か住んでいる奴もいるらしい。そのことを聞いた時は少し心配になったものの、幸いにも俺の知る限りでは妙な事は起こっていないという。

揺れる紐

匂井凪

ちょうど十年前の話になるだろうか。

私はその当時、十年連れ添った夫との離婚を決意し、夫に行き先を告げずに家を飛び出すと、長男とお腹の子を連れて新居に引っ越したばかりだった。

夫は仕事以外はダラけてばかりで、家事育児はほぼ私のみのワンオペ状態。

休日は子供をそっちのけで寝続けたり、家事がたまっているにも関わらず、見てみぬふりをする夫とは幾度も衝突を繰り返してきた。

身ごもっている身体で一人きりの育児は危ないと周りから強く反対されたが、別居後は母親や姉が家に来ては息子の面倒を何かと見てくれるので、生活はなんとかなっている。


息子は二歳でイヤイヤ期真っ只中。

自分でやりたがる反面、何かと手がかかる。

厳しくするのも大事だが、もうすぐ兄になる息子を少しでも甘やかしてあげたい気持ちも根底にあったので、日々接し方のバランスをとりながら息子の成長を見守っていた。

最近では毎日の洋服を自分で決めるのが楽しいらしい。

息子のためにも洋服のバリエーションを増やしてあげたいと考えていたが、子供の成長は著しく、買ったとしてもすぐに着られなくなってしまう。

近所にはリサイクルショップもなく、新品に手を出す余裕もなく、購入先を悩んでいると友人からフリマアプリなるものを紹介された。

今では中古品を売買するツールとして定着しているフリマアプリだが、当時はまだ物珍しくオークションの方が主流だった。

利用してみると、あまりの手軽さに驚いた。

友人からは「私が作った子供服も買ってね」とアドレスが送られてきたので、試しにアクセスしてみると、リンクから飛んだ先には、ずらりと子供服の画像が敷き詰められており、その一覧写真で私のスマホの画面はいっぱいになった。

友人は三年前に離婚しており、母と子の二人暮らし。これからシングルマザーになる私にとっては先輩的な存在だ。

何かと相談を持ちかけては、苦労を分かち合う戦友のような存在だったからこそ、私の助けになってくれたんだと思う。

ハンドメイドは離婚を機に始めたそうで、副業は家計の一助のために続けていると、以前から話には聞いていた。

アプリを紹介してくれた友人には感謝しかなく、何か貢献してあげたくて商品一覧から服を物色していると、何やら興味ありげに息子がスマホを覗いてきたので、せっかくなので選ばせてあげようと思い「どれか欲しいものはある？」と本人に尋ねてみた。

すると「にーにー！」と叫び、子供服に混じってやけに浮いている一枚の写真を指さした。

それは子供服ではなく、小さな猫の人形だった。

息子は大の猫好きである。

外で猫を見つけると、「かーたん、にーにーいるよ」と舌足らずな言葉で嬉しそうにし、追いかけまわした末に逃げられては寂しそうにしている。

そんな息子には服よりも猫の人形の方がお気に召したらしい。

端切れで作られたパッチワークの人形は、様々な柄が組み合わさってカラフルな色を纏《まと》っており、その背中からは、何やら細長い紐のようなものがついていた。

商品の詳細を確認してみると『照明の下に吊るす紐です』とだけ書かれている。

予想外の選択だったが、自分で選んだものなら大切にしてくれるだろうと購入画面へ進む。

「じゃあこれね？　本当にいるのね？」

と最後に念押しをして、こくりと頷く息子の意思に私は従った。

友人から「まいどあり」とのメッセージが送られてくると、品物はすぐに届けられた。段ボールに詰められた子供服から猫の人形を見つけると、付属の紐が思ったよりも長かった。

目測でも一メートル以上はあるだろう。

人形を吊るしてみると、地面からの距離は五〇センチ程度しか空いていない。

よく見ると、紐には継ぎ目がある。

恐らく、寝ている体勢からでも引っ張れるように紐を後付けしたのだろう。

しかし、この紐の長さだと部屋の中で邪魔になってしまう。

切ろうかと迷ったが、それはできなかった。

ハサミを持ち出すと、息子に「切らないで」とせがまれてしまい、仕方なくそのままにせざるを得なくなってしまったのだ。

息子にとっては、自分の身長でも手が届く距離が嬉しかったのだろう。

よほど気に入っていたのか、夜になると布団から猫の人形を眺めては、満足そうに眠りについていた。

それから……少し不可解な現象が起こり始めた。


揺れるのだ。紐が。

左右に、大きく。

もちろん、窓は閉めている。


風が一切部屋に入ってこない環境下で何度試しても、結果は同じだった。

最初は地震かと思った。

しかし、地面が揺れている感覚はなく、紐に吊るされた人形だけが揺れているようだった。

大きな振り子のように、左右に激しく、何度も、何度も。

息子も「にーにー揺れてるね」と、照明から下がる猫を見つめて不思議そうに呟いていた。

私は……揺れ続ける紐が次第に気味悪くなり、購入元の友人に電話をかけた。


「もしもし、荷物は無事に届いた？」

「届いたよ。色々ありがとうって言いたいところなんだけど……」

「どうしたの、何か不良品でもあった？」

「そうじゃないの。ねぇ、猫の人形譲ってもらったでしょう？　あれって手作り？」

「そうだけど？　私が初めてつくった作品なの。可愛いでしょ」

「可愛いよ……可愛いけどさ……今その人形を照明からぶら下げて使ってるんだけど、ちょっと不思議なことが起こるんだよね。そっちで持ってた時も何か変なこと起きてなかった？」

「変なことって、急に言われても……あのさ、余計な心配かもしれないけどさ、少し疲れてるんじゃない？」

「なにそれ、私がおかしいって言いたいの？」

「そうは言ってないでしょ。あんたを心配してるだけよ。一人で子育てしてるとナイーブになるし、普段は気にならないことでも神経質になるって言うから……」

「違うのよ。私だけじゃないの。うちの子も同じものを感じ取ってるみたいで」

「息子くんも？　そう……」


友人が電話口で言い澱む。彼女は何かを知っている。

私の第六感が本能に直接訴えかけた。

私は切実に「教えて」と問い掛けてみたが、友人は私の言葉をまともに聞いてくれなかった。

「もしかしたら、人形に魂でも宿ってるのかもね。うちの息子が猫の人形でよく遊んでたから」

「ちょっと待って。それって本気で言ってる？　だとしたらすぐに返すよ」

「アハハハハハ、今のは冗談だよ。でも、子供って親に影響されやすいじゃない？　子供のためにも気にしすぎない方がいいと思うよ」

私を励ますためか、深刻さに欠ける明るい口調で話す友人には悪い気がしたが、私の心にはある疑念が芽生えはじめていた。

私は気がかりを解消するべく、試しに友人の出品ページから取引を遡《さかのぼ》ってみることにした。

すると、おかしなことに友人が猫の人形を購入した履歴が見つかったのである。

人形は手作りだと言っていたのに。

やはり何かがあると確信すると、出品元の取引履歴をさらに遡って、大元となる人形の出品者を探し続けた。

出品と購入の履歴を調べあげていく中で、友人への疑念が強まると同時に、覗いてはならない深淵の深みに足を踏み入れていく感覚は、未知への恐怖そのものだった。

頭の中で警鐘が鳴っていても、相反する好奇心がそれを許してくれない。

そして、導かれるように辿り着いた先は……

私には理解し難いものの数々だった。


判ったことは三つある。

まずはじめに、購入者は複数人いたが、全員が同じ出品者から買っていることが判明した。

友人もそのうちの一人で、猫の人形を一回ではなく複数回買った履歴が残っている。

そして不可解なのが、友人以外の購入履歴を見てみると、取引の成立がされておらず、全員がキャンセル扱いになっていたのだ。


次に二つ目。

出品元のアカウントに掲載されている写真が、全て同じ猫の人形を写している違和感だ。

端切れを利用しているなら、それぞれの人形の柄は完全に一致するはずがない。

それなのに、掲載されている写真の人形は、ハンドメイド作品にも関わらず異なる箇所が一切なく、友人との取引も全てが成立している。


そして三つ目だ。

取引相手の出品画像に写り込んでいるある部分に、私は最も引っかかった。

出品元と友人が全く同じカーペットを使っている。その画像を見る限り、いずれも同じ人物だとしか思えない。

出品物は、私物と思われる中古品しかなく、どうやら友人は仕事とプライベートで複数のアカウントを使いわけていたようである。

しかし、疑問は残る。

なぜ同じ商品を、別のアカウントを通して何度も買っているのか。

たとえ自作自演だとして、何のメリットも意味もない行為である。

もしカーペットが偶然にもお揃いだったと仮定しても、複数の端切れで完全に同じ猫の人形を作成するのは至難の技だ。

だとすると、やはり同一人物の可能性が高く、友人の自作自演の行為は理解に苦しむ。

疑問が疑問を呼び、私の思考は次第に深みへとはまってゆき、何も知らなかった時にはもう戻れなくなっていた。

友人が何かを隠しているとしか思えず、とうとう私は、友人の別アカウントと思われる人形の出品元に対して、予めこちらも名義を変えたアカウントを用意して直接の行動に出た。

当時はアプリが開発されたばかりでシステムも未成熟だったので、商品を購入しなければ相手にメッセージを送れない仕様になっていた。

匿名配送もまだない頃で、支払いを済ませたタイミングで住所と氏名が相手側に開示される。

私は、猫の人形について探りを入れるためだけに相手の商品を買うと、差し障りのない挨拶をしつつ質問する機会を伺った。


『つかぬことをお伺いしますが、猫の人形はどちらで仕入れたものでしょうか』


返信はすぐにやってきた。

『手作りの作品なので、同じ商品は一つとしてありません』

『同じ出品物が見受けられましたが、一つしかないとはどういうことでしょうか』

『一つは一つです。一点ものなので替えは利かない品物です。持ち主以外の方にはこれ以上の回答は差し控えております。ご了承ください』


私の質問に矛盾する回答を残すと、踏み込んではいけない質問だったのか、詮索する前に話は切り上げられてしまった。

すると間を置かずに、リンクだけが添付されたメッセージが送られてきた。

送られたリンクを踏むと友人の手掛けるオンラインショップに繋がり、ちゃっかりしてるなぁと感心しながらも、私も諦めなかった。

『わかりました。何か事情があるとお見受けしたので、再び質問してもよろしいでしょうか。同じような経験をしませんでしたか？　揺れるんですよ。ぶつかってもないのに紐だけが揺れるんです。これってやっぱりおかしいですよね？』

返信がこないので、畳み掛けるようにメッセージを送る。

『申し遅れました。以前、猫の人形を購入した者です。何か存じ上げているようでしたら、詳しい事情をお聞かせ願いますでしょうか？』


送信から一分……十分……一時間。

逃がすまいと立ち向かったものの、それからの返信は一向に返ってこず、数時間が経過した。

その後ようやく返ってきたかと思えば、肝心の返信内容は
『ご購入頂きありがとうございました』

……の一言だけ。メッセージはそれ以上続かず途絶えてしまった。

購入した本人だと信じてもらえなかったからなのか、バレたくない秘密でもあったから話を終わらしたのか……この時ばかりは何とも言えない。

どのみち住所が開示されれば次会うときには事情を聞けると踏んでいた私は、名義を変えて接

触した行為に多少の罪悪感を抱えていた。相手もまさかと思ったに違いない……が、その感情は後日になれば馬鹿馬鹿しいものであったと思い知らされる。

後日――。

購入した商品が届くと、送り先の住所を見て目を疑った。

送り主の住所が、以前私が住んでいたマンションの部屋番号から発送されていたのだ。

半信半疑のまま送り主の番号に電話をかけると、電話口で夫が「ごめん、ごめん」とただひたすら平謝りするのを聞いて全てを察した。

夫は友人の家に行き来する程、深い仲であったのだと……言わずもがな分かってしまった。

批難を浴びせたのは当然である。

そもそも私は、こうしたダラしなさにうんざりして離婚を切り出していたのだ。

問い詰めると、猫の人形に関する顛末《てんまつ》を、洗いざらい話してくれた。

猫の人形は、子供が着られなくなった服を利用して作ったはじめてのハンドメイド作品で、友人は自宅の照明の紐として使っていたらしい。

横着して延長した紐は、部屋で子供が遊んでいる時には邪魔にならないよう、いつもは二つ折りにして束ねていたという。

そして、友人が私の夫に子供の面倒を頼んだ時……起きてはならない事が起きてしまった。

夫が子供から目を離した隙に、遊んでいた子供が近くに置かれたリビングテーブルによじ登ってしまい、そして首に紐が絡まり……そのあとの言葉は続かなかった。

「なぜ目を離したの」と夫を責め立てると、切らしたタバコを買いに出掛けていたらしい。

夫が帰宅した頃には時既に遅く、子供の意識はなくなっていた。

首から照明にかけて伸びた紐は螺旋《らせん》状にねじれており、助かろうと必死に踠《もが》いた形跡が残されていたそうだ。

それ以来、人形を見ると思い出してしまうので、手放そうと思いフリマアプリに出品したのだが、夫のアカウントで何度売りに出しても、友人のアカウントからいつの間にか購入し直されてしまうという。

まるで人形自体が、持ち主を選ぶかのように。

何度も何度も戻ってくる猫の人形に、とうとう嫌気がさした夫は、友人のアカウントを利用してようやく手放せたと嬉々として語っていた。

母親に見捨てられる絶望を、人形が感じ取ったのだろうか。

事情を知った私は、ただただ絶句するしかなかった。


「信じられない……ねぇ、二人はいつからなのよ」

「……三年前。事故が起きたのは一年前だった。いつか言おうと思ってた。いずれ認知すればお前にも、実家にもバレると思ってたし」

「認知ってなによ、まさか……」

「本当に悪かった。それからお前の妊娠がわかって、余計に言い出しづらくなったんだ。相手には手続きを待ってもらう間、子供の面倒を定期的にみる約束をしていた。けれど、俺のせいで……まだっ、まだ二歳だった」

「……最低」

侮蔑《ぶべつ》を込めた一言を吐き捨てると、尚も謝り続ける夫との通話を切り、それ以降友人とも縁を切った。

私は友人の神経がわからなかった。

私の子供に自作の服を着させて、一体何を思っていたのだろう。

何も知らない私を見て、優越感にでも浸りたかったのだろうか……それとも他ならぬ理由があったのだろうか。

わからないし、わかりたくもなかった。

友人から買った服は全部処分に出したが、あの猫の人形だけは捨てようとしても「いやだ、いやだ」と息子が拒み続けて中々捨てられなかった。

「にーにーと離れたくない」

そう叫んで、人形を大事に抱きしめる息子の悪者にもなりたくなかった。

捨てられぬまま月日は過ぎ、曰く付きの人形が部屋の真ん中にぶら下がる異常な環境は、私の精神を徐々に荒ませた。

そうこうするうちに出産日を前日に控えると、私は最終手段として実家に息子を預けている間、猫の人形をお寺へ供養に出すように姉に頼み込んだ。

嫌われる立場にさせてしまった姉には申し訳なく、入院先から電話をして何度も謝った。

しかし息子からは、「にーにーくるからもういいよ」と不可解な言葉をかけられてすぐに許してもらえたという。

言葉の意味はわからなかったが、とりあえず二人が仲直りできてひと安心だった。

だが、息子の言葉の意味がわかるまでに、そう時間はかからなかった。

出産を無事に終え、祝福を受けながら初めてお腹の子を抱いた日。

我が子の首を見て言葉を失った。

痣《あざ》のようなものがあるのだ。

首をぐるりと一周する、細長い紐のような赤い痣が。

医師に聞いても「わかりません」としか言われず、原因は不明のままだった。

しかし……もしもの話だ。

もし仮に、この世に生まれ変わりがあるのであれば、息子はいつから「にーにー」の存在に気づいていたのだろう。

息子の目には、揺れる紐の先に、一体なにが映っていたのだろう。


あれから十年が経った今、息子はその時の記憶を覚えていないという。

だが未だに、自分の弟の名前を無意識のうちに呼び間違えては、「にーにーは、僕のほうだった」と照れくさそうに笑う瞬間がある。

雛迎え

祇光瞭咲

〈1〉

「だから、帰らないって言ってるでしょ！」

私は驚いて振り返った。

世間より一足早く春休みに入った大学の食堂は閑散としており、隅に行って電話をしている沙奈江の声が大きく響いてしまっていた。私の他にも何人かの学生が顔を上げている。

「春休みだってバイトや集中講義があるの！　とにかく、今年は帰れないから！」

沙奈江はそう怒鳴り付けるなり、電話を切ってこちらへ戻ってきた。その顔は不安と緊張で強張っていたが、私を見るとすまなそうに眉尻を下げる。

「大丈夫？」

「ごめん。親が帰って来いってうるさくてさ」

「帰らなくていいの？」

「うん……」

沙奈江は長い髪を耳に掛けながら視線を逸らす。

流行りのメイクを取り入れ、髪も明るく染めた彼女は、すっかり垢抜けて見える。去年の春にサークルの新歓で出会った時とは見違えるようだ。あの頃は私も彼女も田舎から出てきた芋臭い高校生の延長だったのに。今風のお洒落を身に付けた沙奈江は、これまで浮いた話がないことが信じられないほどの美人だった。

「正月は帰らなかったんだっけ？」

「夏休み以来帰ってない」

「あぁー。だからご両親が寂しがってるんじゃない？」

軽い気持ちで茶化したら、沙奈江は泣きそうな顔で私を睨み付けた。予想外の反応に、私はビクリと目を見張る。

「あ、ごめん……家族と何かあった？」

「いや……うん……」

沙奈江は随分と躊躇《ためら》う素振りを見せてから、ぽつりと口を開いた。

「うちの実家、ド田舎だって言ったじゃん？」

「うん」

「土着の信仰っていうのかな。毎年、雛祭りの頃に変なお祭りがあるんだよね」

これから語るのは、沙奈江が去年体験した地元での出来事だ。私の民俗学の知識は下手の横好き程度だけれど、おそらく代々その家で祀っている屋敷神の類だろうと思われる。

沙奈江の生まれた集落では、その家の長女が十八になった年から毎年、桃の節句の頃に「イエガミ様」を迎える儀式を行うのだという。

〈2〉

沙奈江の家には庭に小さなお社があった。神社をそのまま小さくしたような見た目で、隅にちんまりと設置されている。祖母は毎日お供え物をあげていて、沙奈江も時々掃除などを手伝った。

イエガミ様を迎える行事があることも、知識としては知っていた。

しかし、その祭りは家ごとに執り行うため、沙奈江は自分が十八になる時まで、その全貌を見たことがなかったそうだ。

桃の節句に行うが、地元ではその行事を雛祭りではなく、「雛迎え」と呼んだ。

三月三日から三日間、長女が十八を迎えた家々は、イエガミ様をお迎えする。

まず、奥の間に分厚い畳でできた壇を据える。それは錦の畳縁《たたみべり》で飾られた豪華なもので、そこにイエガミ様を祀るのだ。

イエガミ様の形代には、藁で造った人形を用いる。藁人形といっても、丑の刻参りに使われるような簡易なものではない。子供くらいの大きさで、きちんと仕立てた男物の着物を着せている。

沙奈江の十八歳の誕生日は、いつになく盛大に祝われた。そこから三月の「雛迎え」が終わるまでは、まさにお姫様扱いだったという。

「おめでたいねぇ。沙奈江ちゃんはニイビナ様だもんねぇ」

近所の人々はそう言って事あるごとにお小遣いや野菜などのちょっとした贈り物をくれたそうだ。

十八になった女の子を「ニイビナ様」と呼んでもてはやす様子は、沙奈江も小さい頃から見かけていたので、ついに自分の番が来たのだと、こっそり得意になっていた。ニイビナ様には長女しかなれないため、沙奈江の妹や、姉がいる友人たちは羨んでいたという。

可愛がられる一方で、年が明けた頃から、沙奈江の生活は厳しく見張られるようになった。行儀作法や言葉遣いを正されるほか、とりわけ厳しく指導されたのは、美容に関することだった。食事の内容や全身のケア、さらには軽い運動まで細かく言い付けられる。

それらの指導について反抗心を持たないわけではなかったが、家族には「沙奈江はニイビナ様なんだから」といつも丸め込まれていた。

「今思い返すとゾッとする。普通はあんなの美容法とは呼ばないもの」

そう語る沙奈江は顔を顰《しか》めていた。

肝心の「雛迎え」という祭りについて。

これは女の子の健やかな成長や良縁、安産を祈願するためのものらしい。

「母さんもそうやって姉さんに祈願してもらったから、お父さんと出会えて、あんたたちを無事に産めたのよ」

と、沙奈江の母は繰り返し口にしていたそうだ。

かつて集落では、女の子が生まれる確率が極端に高かった。そのため、一族の安定のためにも他所の家、特に他の集落の豪家との縁談は重要であった。

当時の女性の価値を決める基準は、やはり出産能力だ。あえて悪い言い方をするならば、「雛迎え」とは、娘という特産品の価値を保証するために必要な儀式だったのだ。

「だからさ、わたしも仁奈のためにも頑張らなきゃって、張り切ってたところはあったんだよね」

仁奈、とは沙奈江の妹のことだ。現在高校一年生で、姉妹仲は悪くない。夏の帰省から戻った時は、妹さんに好きな人ができたと苦笑しつつも話してくれた。

祭りの日、沙奈江は一族に受け継がれている特別な衣装を身に着けることになっていた。桃の花が大胆にあしらわれた錦の色打掛。白無垢の場合もあるそうだが、沙奈江は自分の衣装が華やかな色合いだったことを喜んだ。妹さんも大層羨ましがったという。

「ホント、なんであんなに浮かれてたんだろう。もっと早く気付けばよかった」

沙奈江は頭を抱え、震える声で当日の出来事を語り出した。


祭りは日没後に始まった。

イエガミ様を迎える儀式は呆気ないほど簡単だった。形代を安置した壇の前に盃と榊《さかき》を備え、斎主となる集落の長老を家に招く。斎主は祓詞《はらえことば》に続いて祝詞《のりと》を上げる。

そして、沙奈江の出番だ。

ニイビナ様の役目は、盃に注がれた酒に口を付けること。飲む必要はなく、口を付けた後は再び祭壇に戻す。それから手だけを動かす舞のようなものを奉納する。

たったそれだけ。

斎主が帰宅した後は宴会が始まる。豪勢な手料理の数々だけでなく、出前の寿司やピザなども並ぶ様は現代的だった。クーラーボックスいっぱいのビールが次々に空けられていく。

何の変哲もない宴の席。

それはけたたましい鈴の音によって終わりを迎えた。

「雛迎え」の一環として、軒先に鈴をぶら下げる習慣がある。大小の鈴を組み合わせた葡萄《ぶどう》の房のような見た目で、その鈴の音がイエガミ様の訪問を知らせるのだそうだ。

宴のさなか、軒先の鈴が鳴った。激しく。何度も何度も打ち付けるように。

その頃、沙奈江は慣れない和装に疲れ切っていて、半ば朦朧《もうろう》とした意識の中でその音を聞いた。驚いて我に返ると、他の人たちも皆玄関の方を向いていた。

「イエガミ様だ。イエガミ様がいらっしゃった」

誰とはなしに口にする。

ちゃちな芝居だ。そう思った沙奈江は、妹さんにこっそり耳打ちした。

「嘘だぁ。ね、誰が鈴を鳴らしているのか見に行かない？」

ところが、妹さんはゆっくりと振り返り、こう言ったのだそうだ。

「お姉ちゃん、何言ってるの？　イエガミ様に失礼だよ」

沙奈江は凍り付いた。表情を欠いた妹さんの声が、あまりに無機質に聞こえたから。

鈴の音が止む。

皆が一斉に立ち上がった。

「いらっしゃいませ！　ようこそお越しくださいました！」

途端に座敷は騒がしくなった。これまで以上に豪華なお膳が祭壇に運ばれる。

父は酒瓶を手に形代へにじり寄り、まるで取引先にでもするかのように遜《へりくだ》ってお酌を始めた。

「いつも我が家を見守りくださりありがとうございます。不束《ふつつか》な娘ですが、沙奈江をどうぞよろしくお願いいたします」

などと。藁で造った人形に向かって、ヘコヘコ頭を下げていた。

父だけでない。いつの間にか、母も祖母も、妹までもがおかしくなってしまっていた。虚ろな顔でアヒャアヒャと笑い、居もしないはずの神のために談笑を続けるのだ。明らかに普通ではなかった。

この場にいたくない。これ以上、おかしくなった家族を見たくない。

沙奈江は気分が悪くなり、席を立とうとした。

「あら？　どこへ行くの？」

母に呼び止められたが、沙奈江は「トイレだ」と嘘を吐き、自分の部屋に逃げ込んだ。

真っ暗な自分の部屋に戻ると、なぜか布団が二組も敷かれていた。隙間を空けずに。十八歳にもなれば、その意味くらいわかる。

沙奈江は込み上げた悲鳴を呑み込んで、打掛を脱ぎ捨てた。

怖かった。豹変した家族のことも、得体の知れない神様と結婚させせられそうになっていることも。言葉にできない恐怖に駆られ、沙奈江は襦袢《じゅばん》姿のまま家を飛び出した。

無我夢中だったらしい。

集落の人間すべてが敵に思えた。恐怖でパニック状態に陥っていた沙奈江は、人目を避けるために藪や林の中を走り続けた。

逃げ込んだのは、子供の頃に遊んだ秘密基地だった。木の根が露出して庇《ひさし》のようになっている場所で、狭いけれど、無理矢理体を捻じ込んだ。

すっかり泥だらけになっていた。高価な襦袢もあちこち裂けてしまったし、擦り傷や切り傷も沢山あった。膝を抱える腕は見てわかるくらいに震えていた。寒くて仕方なかったけれど、その震えは寒さのためではないとわかっていた。

しかし、沙奈江は逃げ切れなかった。

草木を掻き分ける音が聞こえた時、沙奈江は見つかりませんようにと必死で祈ったという。けれど叶わず、懐中電灯が無慈悲に彼女を照らした。

「沙奈江！　どうして逃げたりしたんだ？　今すぐ家に戻れ！」

「やだっ、離して！　やめて、お父さん！　いやあっ」

沙奈江は泣き叫んで抵抗したが、父に担がれるようにして家に連れ戻されてしまった。

家に戻ると、沙奈江は禊《みそ》ぎをやり直させられ、再び打掛を着せられた。もはや彼女に自由はなかった。必ず誰かが目を光らせ、二度と逃げる隙を与えられなかった。


座敷に戻ると沙奈江の席が変わっていた。

新たな席はイエガミ様の形代の隣——並んだ二人は内裏雛のよう。

沙奈江は嫌がったけれど、祖母と母によって無理矢理席に着かされた。

泣き続ける彼女に向かって、親戚たちはニヤニヤといやらしい笑みを向けた。

「よかったなぁ、沙奈江。神さんはお前が気に入ったそうじゃ。可愛がってもらい」

「これで我が家も安泰じゃのう。よかった、よかった」

それから、イエガミ様を送る儀式までの二日間。

沙奈江は藁人形の隣に縛り付けられ、イエガミ様の嫁として宴を続けることを強いられた。

〈3〉

「本当に、地獄だった」

話を終えた沙奈江はすっかり青ざめていた。

「あんな思いは二度としたくないの……！　だって、次は何を要求されるかわからないんだよ？　わたし、もう耐えられない」

話を聞いたことによって、和やかだった学食の景色も一変してしまった。きっと単に日が陰っただけのはずなのに、ひと気のない広い空間が不気味に思える。

沙奈江は私の様子に気が付いたのか、引き攣《つ》る顔で笑みを浮かべた。

「気味の悪い話でしょ。ごめんね。そんなわけだからさ、雛祭りの時期には絶対に帰らないって決めたんだ」

「ううん。打ち明けてくれてありがとう。それは何と言うか……私でもトラウマになると思う」

「うん、まさにトラウマ。あの時は本気で頭がおかしくなるかと思ったもん」

沙奈江は苦笑しながら、給茶機で汲んだ不味いお茶を飲み干した。

「その後はみんな何ともないの？」

「家族のこと？　それがね、不気味なことにな－んにもないの。イエガミ様が帰った途端に、ケロッとみんな元通り。ついでにお姫様扱いも終わったけどね」

だから、夏休みには帰省できたのだそうだ。

「雛迎え」での狂宴などなかったかのように、家族の沙奈江への態度も戻ったらしい。その代わり、彼女にした乱暴な仕打ちへの謝罪もなかったそうだが。

「沙奈江が全然違う専攻の集中講義を取るって言いだした時は何事かと思ったけど、そういう事情だったわけね」

私が納得して頷くと沙奈江は手を合わせて謝った。

「その件については本当にごめん！　やっぱりひとりじゃ心細くて……」

「いいよ、いいよ。二日通うだけで単位もらえるなんて有難いし。ちょうど予定もなかったから」

「ありがとう……万が一、家族がこっちに押し掛けて来ても、講義だから仕方ないでしょって言い訳できると思ってさ」

「押し掛けてくる？」

私は驚いて聞き返した。

「そこまでするの？」

「わかんない。けど、あり得ると思う」

イエガミ様の伴侶となった沙奈江には、「雛迎え」は義務である。

ニイビナ様と呼ばれるのは初めの年だけだが、翌年以降も毎年三月三日からの二晩を妻として過ごさなければならないのだそうだ。

田舎の風習がどれほど重要視されているのか私には想像がつかなかったけれど、怯える沙奈江の様子を見ると、放っておくことはできなかった。

「うーん……じゃあさ、もしよかったら、暫くうちに泊まりに来る？」

「えっ、いいの？」

沙奈江は勢いよく身を乗り出した。

「うち狭いけど、それでもよければ」

「ありがとう！　本当に助かる！」

それからも沙奈江は何度も「ありがとう」を繰り返していた。


〈4〉

二月の終わり頃から、沙奈江の電話は鳴りっぱなしになった。彼女の両親だけでなく、祖父母や親戚、妹からも入れ替わり立ち替わり、ひっきりなしに掛かってくる。うっかり電話に出てしまうのが怖いので、必要な時以外スマホの電源は落としておくことにした。

沙奈江の予想は的中した。

着替えを取りに二人で彼女のアパートに向かうと、留守の間に訪れたらしい両親からの書置きが残されていた。私には内容を見せてくれなかったが、真っ青になって泣き出した沙奈江の様子を見るに、余程酷いことが書かれていたのだろう。

とうとう私まで怖くなってきたので、三月二日からの三泊、二人で隣駅のビジネスホテルに泊まることにした。沙奈江の精神状態も極限に近かったけれど、おかげでいくらか恐怖が和らいだのか、三日目からは楽しいお泊り会を過ごせるようになっていた。


退屈な集中講義を終え、ついに沙奈江は恐れていた三日間を乗り切った。

「ありがとう、知世！　もう何てお礼を言ったらいいかわからないよ！　何が食べたい？　なんでも奢《おご》るよ！」

講義棟を出るなり、沙奈江は歓声を上げた。やや雲は多いけれど、柔らかい春の空が心地良い。私も数週間ぶりに清々しい彼女の笑顔を見ることができて、心の底からホッとしていた。

「そうだなー、寿司かなー？　肉かなー？　スイーツビュッフェかなー？」

「うっ。致し方なし……いいよ！　ドンと来い！」

沙奈江は胸を張ってそう言ってから、不安そうに表情を変えた。

「あのさ、もうちょっとだけお願いしてもいい？」

「ん、なに？」

「ひとりで家に帰るの怖い……」

その気持ちはわからなくもないので、私は彼女を家まで送ってあげることにした。きっと、沙奈江の心労は当分終わらないだろう。家族には「どうして帰省しなかった」と厳しく追及されるに違いない。「なんて謝ろっかなぁ」と言いながら必死で笑顔を作ろうとする沙奈江を見ると、いたたまれない気持ちになった。


沙奈江の部屋に向かって、アパートの階段を上る。

緊張の一瞬。

家の前はどうなっているだろうか。変な貼り紙や悪戯をされていたらどうしよう――それならまだいい。怒り心頭の両親が自宅の前で待ち構えていたら。そんな恐怖が汗となって私たちの掌を濡らしていた。


幸いなことに、どの予想も外れていた。

何もない。いつも通りの玄関扉があるだけだった。

すっかり拍子抜けしつつ、沙奈江が鍵を挿す。私は一応念を押した。

「郵便受けにチラシが入ってないってことは、最近誰かが家に入ったはずだよ。中に何かあるかも」

「……こんなことなら、スペアキーなんて渡さなきゃよかった」

覚悟して扉を開ける。チラシの山を跨ぎ越して、さらに沢山の置手紙を見なかったことにして、廊下へ。

リビングを覗き込んだ沙奈江は、悲鳴を上げた。

「沙奈江！」

慌てて彼女を引き寄せた。その私も絶句する。

「ひっ……！」

着物を着せられた藁人形。

大きなそれを膝に乗せて、沙奈江の妹が朗らかに笑っていた。

「もうっ、お姉ちゃんったら酷い。あたしが結婚できなくなったらどうするの」

顔のない藁人形は私たちを見据え、こう言っているかのようだった。

「迎えに来たよ――」

幽霊なんか怖くない

根ヶ地部 皆人

落ちる

友人のAからメールがあった。数日分の食料を持って今晩家に来てくれ、とだけ書いてある。Aは、小学校からつるんでいる悪友の一人だ。なにやら切羽詰っているようだったので、無視するのも気が引ける。

仕事が終わってから、その足でAの家へと向かった。通りすがりのスーパーに入りながら、スマホでAに連絡をとる。

「食料って何がどれだけ要るんだ?」

「ああ、すまん。できれば電子レンジで調理できるものがいい。火を使ったり、手間がかかったりするのはやめてくれ」

こたえる声に張りがない。病気ではなさそうだが、いつものお調子者な雰囲気ではない。

「おい、どうしたんだ?」

「たいしたことじゃない。家から出られなくて、買い置きの食料がなくなってさ」

「ケガでもしてるのか?」

「いいや、健康そのものさ。まあ、来てくれ。そのとき話すよ」

そこでAが通話を切ったので、仕方なくレンジで温めるパックのご飯と冷凍食品、それからカップ麺を幾つか買い物かごに放り込んだ。健康だというなら問題あるまい、とワインも一瓶。マンション入口のインターホンでAを呼び出し、リモートロックを開けてもらう。部屋の扉には鍵をかけていないので、勝手に入ってきてくれとのことだ。

目指すのは二階だが、手に提げたビニール袋が重いので、エレベーターを使う。日本のエネルギー資源よりも、自分の体力のほうを省エネしたい。

玄関のドアノブをひねると、Aの言うとおり鍵はかかってなかった。ビニール袋をがさがさ鳴らして、上がりこむ。

すると、意外に元気そうなAの顔が僕を見上げた。

「よう、悪いな」

「……どうしたんだ、おまえ?」

べったりと床に這いつくばったAの姿に絶句する。

「いいから入れよ」

Aは苦笑しながら狭い廊下に手足を突っ張って方向転換し、奥の部屋へと這いずっていく。床に腹をつけて進むその姿は、まるで出来損ないのトカゲか蜘蛛《くも》のようだ。

部屋に入ったAは、そのままベッドの下へ足から潜り込み、首だけ出した状態でやっと安心したとでもいうように溜め息をついた。

前言撤回。これじゃトカゲや蜘蛛じゃなくて、亀かヤドカリだ。

「急に悪かったな」

「いや、そんなことより、どうしたんだよ？」

「落ちそうで、怖いんだ」

落ちる？　どこへ？　と言うと、Aは真顔で答えた。

「下だ。ああ、おまえにとっては上か」

何を言ってるんだ？

「病院行ったほうがいいんじゃないか？」

「かも、しれん」

予想外に素直にうなずいたAは、しかしすぐに首を振った。

「でも駄目だ。外は怖い。空に落ちそうだ」

いったい何なんだ？　と眉をひそめた僕に、Aは語りだした。

昨日の朝か、一昨日の真夜中のことだ。眠っていた俺は、急に目が覚めた。ああ、ここだ。今俺が潜り込んでるこのベッドの上で、だ。

別に寝苦しかったとか、物音がしたとかじゃない。ただ、急にふっと目が覚めたんだ。

そしたら天井に、子供がいた。浮かんでいたのかもしれないし、張り付いていたのかもしれない。とりあえず、俺を見下ろしてる女の子が居たんだ。

小学校の高学年か、中学生かな。高校生じゃない。まだ幼さの残る女の子。長い髪の毛がばぁーっと広がっててさ、赤いワンピースの子だった。

俺と向かい合うように、そうだな、ちょうど天井に寝転がるみたいな姿勢でなぁ。

別に怖くはなかった。ただ、なんだこれ、って感じでな。こっちをじーっと見てるから、見返してやった。無言でどのくらい見つめあってたのかなぁ。たぶん五分はかかってない。

ふっと部屋が回転したんだよ。

女の子が下、俺が上。ベッドが上になって、天井が下になった。

違う、戻ったんだ。今までがおかしかったんだ。寝ぼけてたから、その時まで気づいていなかったのさ。これまでが逆だったんだよ。

俺が上、女の子が下。天井が下で、ベッドが上だったんだ。そいつが戻った。それまで俺は、上下逆の部屋で眠ってたんだ。

びっくりしたところで、本当に目が覚めた。

目覚ましが鳴っていて、天井には女の子なんかいなかった。


「それだけだ」

語り終わったAは、ベッドの下で這いつくばった格好のまま、電子レンジで温めたチャーハンをかきこんだ。

僕はわけがわからなかった。

「夢だったんだろ?」

「ああ、夢だったんだ」

チャーハンを食べる手を止めて、Aはうなるように言った。

「女の子なんかいなかった。上下が戻ったのもただの夢だ。でも俺はまだ、上下逆の床に貼りついていているんだよ」

そこまで言って、Aは「気のせいだ、わかってる」と早口で何度か呟く。「わかってる。わかってるんだけど、天井に落ちていきそうで、怖いんだ」

しゃがんでいないと立ちくらみがすると言う。外に出ると空に落ちていきそうで怖いと言う。

僕はやはり病院に行こう、と誘ったが、結局Aは首を縦に振らなかった。あきらめて、マンションを出た。あんな精神状態の奴と酒を飲むのも、一緒の部屋に居るのもごめんだ。


空を見上げると、丸い月が出ていた。

月を背負うように、赤いワンピースの少女が浮かんでいる。

「馬鹿馬鹿しい」

僕はAのように弱くない。

地面を踏んで、空を見上げて、少女を睨みつけながら家路へついた。

見える

いつものように定時退勤。シフト勤務は楽なもんだ。引継ぎさえ終われば、さっさと帰宅。残業代が出ないのが玉に瑕《きず》だが、時間は金じゃ買えないものな。

寄り道せずに家へ帰って、さて冷蔵庫のビールでも、と思ったら女友達のBから電話がきた。

る。


「今から飲まない？」

「平日のお誘いは珍しいね」

「いまさら二日酔いが怖いふりしても駄目よ、不良サラリーマン」

「二日酔いでも出勤はするさ。不良どころか真面目なんだよ」

軽口を叩いて了承した。待ち合わせは、Ｂの家に近い駅。飲む店は合流してからノリで決める。

スーツを脱ぐ前だったので、面倒だからこれでいいや、と鞄《かばん》だけ置いて再出立。ノーネクタイは楽でいい。クールビズ万歳。毎日が夏ならいいのに。

身軽な格好で電車に乗って、待ち合わせの駅へ。Ｂは改札で手を振って出迎えた。服装からするに、あちらも会社帰りのようだ。家から近いのだから、着替えてくればいいのに。

そんな細かいことは言わずに、どこで飲もうかと聞いてみると、そのへんの居酒屋で、との答え。本格的なカクテル派の彼女にしては珍しい。

「たまには思いっきり飲みたいの」

どうせ潰れても家が近くだから大丈夫、とでも考えているのか。

夕方の居酒屋は混んでいた。それでもカウンターなら二人分の席は空いている。

典型的な日本人の作法として、まずビールで乾杯。夏の一杯目のビールは嫌いではない。二杯目からは冷えた日本酒、というのは僕のいつものパターンだが、まさかBまでこれに続くとは。本気で今日は潰れるまで飲む気のようだ。

日本酒のグラスが何度も交換される。普段はスローペースのBが、僕と並んで飲み続けていた。

こりゃおかしいな、と水を向けてみる。

「なんかあった？」

ひねりも何もないストレートな聞き方だったけど、酔いの回りはじめたBの口は軽かった。

「靴が、見えるのよ」

通勤電車に乗るとき、駅のホームに小さな靴が一足見えた。通勤ラッシュに蹴散らされ、左右ばらばらに転がった赤い靴。子供の靴が脱げてしまったのかな、と思って深くは考えなかった。

昼食に出かけたとき、通りかかったバス停に小さな靴が一足見えた。行ってしまったバスの昇降口があった辺りに、綺麗にそろえられた赤い靴。バスに乗った子供が間違えて脱いじゃったのかな、と思ってやはり深くは考えなかった。

会社から帰るとき、エレベーターから降りたら小さな靴が一足見えた。まるで今から乗りますよと言いたげに、エレベーターの扉の前に置かれた赤い靴。

不気味に感じたのは、その時からだ。

次の日も、小さな赤い靴はいたるところに出てきた。花屋の鉢植えの隣、ポストの上、職場の屑籠《くずかご》の中などなど。しかしB以外は誰も気に留めない。どうやら見えてすらいないらしい。

指摘するのも恐ろしく、できるだけ目をそらしてその日を送った。


そこまで言って、Bはグラスを持つ手に額を預けた。どうやらかなりまいっているようだ。

気のせいだよ、疲れているんだよと僕が言う前に、顔を上げたBはこう言った。

「さっき家に帰ったら、玄関に赤い靴があったの」


まだ飲むというBを置いてその場の勘定だけ済ませた僕は、家路へ向かった。

途中、電信柱の下に小さな赤い靴が一足そろえて置いてあった。

「馬鹿馬鹿しい」

僕はBのように神経質ではない。

思い切り赤い靴を蹴り飛ばす。立小便しなかっただけでもありがたく思え。

ぶつかる

ある日の深夜、そろそろ寝るかと心を決める直前、女友達のCから着信があった。

ビール片手にスマホに「はいよ」と応えると、甲高い叫びが返って来る。

「助けて！」

おだやかじゃない。

「どうした？」

「ぶつかってくるの！　わたしめがけて、ぶつかってくるのよぉ！」

「はあ？」

「バスの窓にも、会社の窓にも、トイレのドアにも、どんっどんってぶつかってくるの！」

「なにが？」

「わかんない。わかんないけど、どんっ！　てするんだもんっ。今もどんっどんって、聞こえるでしょ？」

まったく聞こえない。Cの声がうるさすぎて、周りの音など聞こえるはずもなかった。

どうやら「落ち着け」というのは無理なようだ。

一度顔を見て話をしようと考え、スマホに向けて言った。

「今、どこにいる?」

「会社のロッカーの中……」

「なにしてんだ、おまえ?」

「だって、ぶつかってくるんだもん!　逃げても逃げても、ぶつかってくるんだもん!　さっきからロッカーにもぶつかってきて……もうやだぁ!」

まったくわけがわからない。とりあえず迎えに行くから、とCの勤める会社の場所を聞いた。

土地勘のないところだ。近くに駅は無いようだし、この時間ではすでにバスも動いていない。

少しアルコールは入ってるが、仕方ない。

車に乗り込み、カーナビにCの会社を登録する。渋滞はないようだ。OK、錯乱気味のお姫様に会いに行こう。


車を出してしばらくすると、Cの言っていたことが理解できた。

どんっと車に衝撃が走る。

ブレーキを踏んで何かに当たらなかったか確認したのは、初めの二、三度だけだ。何もない。

どうせ、何もない。ただ衝撃が、どんっ!　と車を揺らすだけだ。

たまに灰色の影が見えることもあった。車の前に影が飛び出してきて、どんっと車が揺れた。

それだけだ。どうせ、何もないんだ。

「馬鹿馬鹿しい」

僕はＣほど怖がりではない。

どんっ！　と車が揺れるたび、アクセルを踏み込んだ。

既視感――。

赤いワンピースの少女が飛び出してきて

どんっ！　と車が揺れて

赤い小さな靴がバラバラに飛んで

宙に舞った少女の体が、車に乗った僕らを見下ろした。

幽霊なんか怖くない

違います、おまわりさん。

僕は轢《ひ》き逃げなんか、しちゃいない。

轢いたのは幽霊だ。幽霊でしょう?


だって一ヶ月前に轢いた子は、死んだはずです。

即死だった。確認したんだ。間違いない。絶対にあの時、死んでいた。友人たちにも聞いてください。彼らと一緒に確かめたんです。

だから僕が今、轢き逃げなんかできるはずないじゃないですか。

さっき飛び出してきたのは、赤いワンピースの女の子だったんですよ。幽霊です。死んでるんです。だから、今轢いたのは幽霊なんだ。

本当です。間違いありません。

ねえ、聞いてますか、おまわりさん。

深泥池《みどろがいけ》で会いましょう

夜馬裕

姉さん、深泥池《みどろがいけ》でまた会おう——。

遺骨に語りかけると、和則さんは膝に載せた骨壺の蓋をそっと閉めた。


これは、私の飲み友達の和則さんという三十代の男性が聞かせてくれた話である。

一八〇センチを超える巨躯でありながら、酒場ではいつもおどけて三枚目を演じる彼が、この日ばかりは、目を合わせるのも躊躇《ためら》うほどの険しい顔つきで語っていた記憶がある。


私は、怪談を収集するのが大好きだ。もう三十年近くに及ぶ長年の趣味である。

怖くて、怪しく、奇妙で、不思議。そんな体験談を聞き集めるうちに、いつの間にか怪談師、あるいは怪談作家などという、恐ろしげな肩書を背負うようになっていた。

ただ面白いもので、この肩書があるおかげで、普段は心の奥底に沈めているものを聞かせてもらう機会も増えた。この体験談を語ってくれた和則さんも、普段は怖い話に興味のない人だが、ある晩、行きつけのバーを訪れると、先客としてカウンターに座っていた彼が大きく手を振って、「おーい、聞いてほしい話があるから、こっちで一緒に飲もう」と、横の席を指さした。

隣に座って乾杯すると、和則さんはいつもとは違う神妙な面持ちで、「今日は……姉さんの命日でね。良ければひとつ、昔話を聞いてくれないか」と語りはじめた。

話は和則さんが大学生の頃、今から十五年以上前まで遡る。

生まれも育ちも東京の和則さんだが、関西の大学へ進学したので、当時の彼は大阪市内の安アパートに住んでいた。両親は小さな飲食店を営んでおり、朝から晩まで忙しく働いても、家計は厳しいままだった。家の事情を考えれば、一人暮らしで大学へ通うことなどできないのだが、八つ歳の離れた姉の広美さんが、昼職と水商売を掛け持ちしながら「弟の学費のために」と貯金してくれていた四百万円のおかげで、毎月、実家から数万円の仕送りを受け取って、あとは勉学の合間にバイトを頑張れば、なんとか大学へ通い続けることができた。

ただ、姉が支えてくれたのは金銭面だけではなかった。仕事に追われる親の代わりに、幼い和則さんの面倒をずっとみてくれていたのだが、広美さんは道行く人が振り返るほどの美少女だったから、家事や弟の世話さえなければ、もっと青春を謳歌できたに違いない。

それなのに、中学、高校と部活動をせず、学校帰りに友達と遊ぶことも滅多になく、高校卒業時には「弟は大学へ行かせてあげて」と両親に頼み、自身の進学は諦めて、昼の事務職と、夜の水商売を掛け持ちしながら、毎月両親にお金を渡し、和則さんの学費を貯めてくれていた。

和則さんは、どうして家族のためにここまでするのか、一度姉に聞いたことがある。

「お姉ちゃんはね、将来やりたいこととか、あまりないの。その代わりカズ君が夢を叶えてね。それだけで嬉しいから。でもそうだな……子どもとか、お年寄りとか、困っている人とか、誰かの助けになるのは好きだから、そのうちカズ君が一人前になったら、パパとママの世話をまかせて、お姉ちゃんは勉強して、看護師さんになろうかな」

そう言っていた広美さんだが、水商売の常連客に羽振りの良い男性がおり、猛アプローチを受けて交際がはじまると、和則さんが大学一年生の時にはめでたく結婚。それを機に義兄は会社を辞めて家業を継ぐことになり、新婚早々、京都にある義兄の実家で暮らすことになった。

この実家というのが、京都で代々商売を営む資産家で、最初は「玉の輿だ」と和則さんも両親も大いに喜んでいたのだが、先方の家族と同居することになり、由緒ある家柄が自慢の義父母は、水商売あがりの嫁を冷遇したので、数か月に一度、顔を見るたびに広美さんはやつれていった。

話を聞けば、家事や雑用の大半を押し付けられており、長年出入りする古参の家政婦にすら下働きのように扱われる始末。夫もいざ結婚すると広美さんへの愛情が半減したようで、家族が自分の妻に意地悪をしても、その様子を半笑いで見て、助けてくれようともしない。

そのくせ、「広美の子どもなら、すごく綺麗な顔の子どもが産まれると思うんだ」と、子作りだけはやたらとしたがり、後継ぎのほしい義父母も「早く子どもを産め」ばかり言ってくる。

ところが二年経っても妊娠しないうえ、あまりに煩《うるさ》く言われるので検査を受けたところ、どうやら広美さんは非常に妊娠しづらい体質であることが判明した。その時の夫や義父母の失望と怒りは激しく、義母が「これじゃあ最初の嫁と一緒じゃないか！」と怒鳴るのを聞いて、広美さんは夫に離婚歴があること、自分とは再婚であることをはじめて知った。

それからの扱いは以前にも増して酷くなり、夫はほとんど口を利いてくれなくなった。広美さんは不妊治療を頑張ると言ったのだが、「息子にそんなみっともないことはさせない」と激昂した義母に頬を叩かれ、義父からは「商売の信用に響くので二度目の離婚はさせない。でも後継ぎを産ませる女は別に用意する。お前は子を産めないなら、せめて家政婦としてこの家に尽くせ」と、まるでそれが当然であるかのように言われた。

そして和則さんが大学三年生の冬、心労が重なったせいだろうか、広美さんはまだ二九歳の若さでステージⅣの胃癌になってしまった。若年性の癌は進行が早い。家族の顔色を窺って病院へ行くのをためらっているうちに病状は悪化し、買い物帰りに倒れて救急車で運ばれた時には、癌は胃から他の臓器にも転移しており、医師からは「余命半年」と宣告された。

広美さんは京都の病院へ入院したので、東京からはなかなか見舞いへ行けない両親の代わりに、大阪に住む和則さんが、週に一度は姉の病室を訪れた。

見るたびに痩せ細る姉の姿に、和則さんは胸が押し潰されそうになったが、義兄や義父母は、「迷惑までかけて死ぬなんて」と平然と姉を罵るので、「誰のせいだ！」と何度か病室で喧嘩になりかけた。ただ、そのたびに広美さんが「お願い、カズ君やめて」と懇願するので、和則さんは怒りを堪えることしかできなかった。


お見舞いの帰り道、和則さんはよく「深泥池」まで足を伸ばした。

そこは京都盆地の北端にある湿地帯の天然池で、一帯の生物群は国の天然記念物に指定されており、池の中央には、全体の三分の一を占める浮島がある。三方を丘陵地に囲まれており、周囲一五四〇メートル、総面積九・二ヘクタールとそんなに大きな池ではないのだが、住宅街の中にありながら不思議な静謐さを保っており、初めて訪れた時から、和則さんはすっかり深泥池の風情に魅了されていた。

中央の浮島は、草木の生い茂る湿原で、一見すると普通の地面に見える。ただ、実際には湿原自体が水面に浮いた状態で、枯死した植物が池の中に堆積し、浮島の基礎を作っているらしい。

浮島はその名の通り浮き沈みを繰り返しており、冬になると一部が冠水して水の下に沈むのだが、春になると全体が浮かび上がり、ミツガシワの白い可憐な花や、カキツバタの楚々とした白が浮島を彩っていく。そして冬が訪れると、再び平坦部は冠水するのだが、通年沈まない場所にはアカマツやネジキなどの樹木が密集し、そこには多くの小動物も生息している。

夕暮れの深泥池をぼんやり眺めていると、胸に詰まった苦しさと悲しさが少しは和らぐような気がして、訪れるたびに何時間も池の畔で佇むのが常だった。


大学四年生の春を迎え、浮島に白い花が咲きはじめた頃、姉の容態は急激に悪化し、医師からは「長くないので覚悟してください」と言われてしまった。

どうしてあんなに優しい、他人のために懸命に尽くしてきた姉が、こんな惨い仕打ちを受けるのか。自分にはもう、できることは何もないのか――。

いつものように深泥池の畔に立ちながら、そんなことを考えていると、突然、近くにいた品の良さそうな初老の男性が「すみません……」と声をかけてきた。

「貴方が悲しんでいるのが、傍にいるだけでわかります。きっと、親しい方かご家族をもうすぐ亡くされるのではありませんか」

和則さんが驚いていると、初老の男は「ほら、やっぱり」と穏やかな笑みを口元に浮かべた。

「実はこのあたりで何度か姿をお見かけして、気になっていたんです。信じないでしょうが、私にはちょっとした力があって、人の悲しみが、まるでオーラのように見えるんです。いきなり声をかけられて、怪しいと思っているでしょうが、少し私の話を聞いてくれませんか」

そう言うと、男は唐突に深泥池の話をはじめた。

「ご存知ですか？　この池は有名な心霊スポットなんですよ。ありがちな怪談なんですけどね、深夜、タクシーが市街地で女を拾うんです。女はか細い声で、「深泥池まで」と言う。ところが着いてみると後部座席には女の姿はなく、シートがびっしょりと濡れている。あるいは、深泥池の近くで雨に濡れた女を拾うと、やはり車内で姿を消す。こんなことが昔からしょっちゅう起こる。本当ですよ、調べてみてください。新聞の記事になったことだってある。

信じられないかもしれませんが、深泥池は特別な場所なんです。ここは京都でも最古の天然池ですし、かつては八大竜王が祀られていたり、一説には大蛇が棲むとも言われています。そして何より、死んだ魂が長く留まることのできる神聖な場所なんです。

普通はね、枯れた植物なんて、すぐに微生物が分解してしまう。でもこの池では、なぜか有機物が分解されずに堆積し続けるので、こうして浮島になっている。しかも、十万年前、氷河期と同じ動植物が生息しているから、この一帯の生態系が天然記念物に指定されているんです。

春になると咲くミツガシワですが、本当はもっと寒い、北のほうにしか咲きません。氷河期の頃はこの辺りにも咲いていたんですが、温かくなるにつれ、生息域は北上しました。それなのに、深泥池にだけはずっと咲いている。住宅街がすぐ隣にあるような池なのに、不思議でしょ？

ここはね、生態系も変わらないいし、命もゆっくり朽ちていく。死んだ者の魂ですら、この場所ではすぐに成仏しないで、長く留まっていられるんです。だから、幽霊も集まってくる。

実は私の妻も、数年前に亡くなってしまいました。まだ若かったのに……。

でもね、骨壺を持って毎日池の畔を訪れたら、妻の魂はこの場所に留まったんです。今も消えずに残っている。私にしか感じられませんが、愛する人はまだここに居るんです。

だから貴方も、親しい人との別れが辛ければ、初七日が終わる前に、骨壺を持ってここに来るといいですよ。そうしたら、成仏する前の魂が、深泥池に留まります。

大丈夫、ゆっくり成仏するだけなので、魂が永遠に彷徨うなんてことはありません。

でも、残された者にはそれで充分ですよ。この神秘的な池の畔で、何年もかけて別れを惜しむことができるなら、それは誰にとっても救いになるはずです。


初老の男は、和則さんにこんな話を聞かせると、「ではまた」と言って去って行った。

それから十日も経たないうちに、広美さんは病室で息を引き取った。全身に転移した癌で苦しんだのだろう、姉の死に顔は苦悶に歪んでいた。

和則さんは義兄とその家族に頭を下げ、葬儀の後、姉の遺骨を分骨してもらった。薄情な家に姉を残していきたくないので、本当はすべて引き取りたかったが、先方にも体面があるようで、どんなに頼んでも半分しか分骨してもらえなかった。

別に、男の話を信じたわけではない。それでも、一縷の望みが欲しかった。

和則さんは、半分になった姉の遺骨を抱えると、初七日が終わるまでの間、毎日池の畔へ通っては、「姉さん、またここで会おうね」と、何度も何度も骨壺へ語りかけた。

五日目の夕方、その日も池の畔で佇んでいると、和則さんの耳元に、冷たい吐息のようなものがフッとかかった。そして、よく聞き取れないが、囁き声のようなものが聴こえた。

「姉さん？」

和則さんが見えない相手に呼びかけると、また耳元にスウッと冷たい風が吹いた。


それからは、定期的に深泥池を訪れるようになった。

姉の姿が見えるわけではない。でも、気配は感じられる。夕暮れ時、池の畔に立つと、耳元に冷たい風が吹き、囁くような声が聴こえる。たったそれだけ。でも、和則さんには充分だった。

哀れな姉の魂が、氷河期から残るミツガシワの中に眠ると思うだけで、少し心が和らいだ。


そんな折、和則さんの大学の友人が、母親を亡くしてしまった。

友人が酷く嘆く様子を見て、和則さんは思わず深泥池の話をしてしまった。

半信半疑の友人は、それでも何かに縋りたい気持ちだったのだろう、言われた通り骨壺を持って深泥池に三日間通ったところ、同じように冷たい風が吹き、囁き声を聞いた。

友人は大喜びして、このことをクラス中に触れ回った。たいていは馬鹿にされたが、中には試してみる者もいて、「あの話は本当だ」という噂が、徐々に学内で広まっていった。

これに苦言を呈したのが、クラスメイトの京香さんだった。

自称霊感持ちで、本人曰く、幽霊の声や姿がはっきり見えるというのだが、飲み会のたびに、「あそこには悪い気が溜まっている」などと言っては席を移り、必ずルックスの良い男性の横に陣取るので、和則さんをはじめ周囲の人間は、京香さんの霊感をあまり信じていなかった。

それなのに、「あの池にそんな力はない」とやたらと文句をつけてくるので、ある時激しく言い争いになり、「だったら実際に見に来いよ」ということになった。

数日後、和則さんと友人、京香さんとの三人は、深泥池を訪れた。

和則さんと友人は、池の畔で、それぞれ家族が訪れるのを静かに待つ。

京香さんは、二、三メートル離れた場所でそれを見届ける。

あたりがすっかり暗くなってきた頃、和則さんはすぐ近くに姉の気配を感じた。

耳元に冷たい風が吹き、囁き声が聴こえると、またスウッと気配が消えていく。

横にいる友人を見ると、彼も小さく頷いている。どうやら友人のところにも来たようだ。

あとは、京香さんに見えているかどうかだ。霊能力がインチキなら、何が見えたか具体的に言えないだろうし、もし本物なら、和則さんが正しかったことがわかるはずだ。

そう思って振り向くと、京香さんはもの凄く渋い顔をしてこちらを睨んでいた。

「どうだった？　何か見えた？」と和則さんが尋ねても、京香さんは「うん、まあ、女がね……」と言葉を濁しながら、嫌そうに顔をしかめている。

そして、「ねえ、あんたのお姉さんって、背が高い？」と訊いてきた。

和則さんが、「ブーッ、ハズレでーす。姉さんは小柄で一五五センチ。やっぱりお前、見えてないだろ」と馬鹿にすると、京香さんは溜め息をついて、「やっぱりね……」と呟いた。

「それなら、アレはあんたのお姉さんではないね。だって……背が二メートル以上あったから。そっちの母親も来ていないよ。あんたらに話しかけてるのは、どちらも一人の同じ女。もの凄く背の高い、歯を剝き出して笑う女が、ギューッと腰を曲げて、あんたたちの耳元に口を寄せて、フーッて臭そうな息を吹きかけたあと、こんなことを言ってたよ」

「ごちそうさま――って」

京香さんはそう言うと、「すげえウケる。お前ら、家族の魂喰われてるし」とゲラゲラ笑った。

和則さんは、それから二か月間、執念深く深泥池周辺を見張り続け、ある雨の日、ようやくあの初老の男を見つけることができた。

手に持った傘を投げ捨て「姉さんに何をした！」と男へ詰め寄ったが、一八〇センチを超える巨漢の和則さんに威圧されても、男は平然とした様子で「何を言っているのかわかりませんね」とまるで相手にせず、どこかへ電話をかけると、「タクシーを回してくれ」と言った。

いくら詰問しても、男は一切答えない。やがてタクシーが到着すると、男はそれに乗り込んだので、和則さんも後に続いて座席に身体を押し込むと、「話すまで、逃がさねえよ」と凄んでみたが、男は「ご自由にどうぞ」と厭らしい薄ら笑いを浮かべるばかり。

やがてタクシーは、大きな施設の前に停まった。入口の看板には、とある新興宗教団体のセンター名が書かれている。そして、どうやら男は団体の偉い人間だったようで、施設の中から幾人もの男たちがわらわらと現れて、和則さんは瞬く間にとり押さえられてしまった。

身動きできない和則さんに、男は微笑みながら近づくと、「深泥池の有機物が分解されないのは、窒素やリンが少なくて、栄養に乏しい水質だからです。生態系が変化しないのは、閉鎖された環境であることと、冷たい湧き水が出続けているからです。そしてタクシーの幽霊もね、本当は嘘だってバレているんです。あまりにも『幽霊を乗せた』という申告が多いから、あるタクシー会社の社長さんが、深泥池でずっと張り込んだんですよ。そうしたら、タクシーなんて一台も停まらなかった。運転手が『幽霊を乗せて消えてた』と嘘をついて、乗車メーターの記録をごまかし、乗せたお客さんの代金をちょろまかしていたわけです。きっと、一人が上手くいったから、真似する人が増えて、変な噂になったんでしょう。深泥池は、ただの池ですよ。でもね、人の魂を必要とするモノはいるんですよ。だからね、君みたいに悲しむだけでものを考えない人間をカモにして、ご家族の魂を頂戴したわけです」と言い残し、ゆっくりと施設の中へ姿を消した。

以降、この男に会うことは叶わず、何をされたのか明確にわからないまま、和則さんは大学を卒業して東京で就職し、もう二度と深泥池に訪れることはなかった。

「後になって調べたら、あの宗教団体は、高額の報酬で、浄霊や除霊をやっているんだ。祈りの力と言っているけれど、もしかすると、あの女に喰わせているのかもしれない。でもあの女が、宗教団体のモノなのか、池に棲むモノなのか、まるでわからないままなんだ……」

和則さんはそう語り終えると、心の澱を吐き出すように、ふーっと深く溜め息をついた。

彼にとって唯一の救いは、分骨しているので、遺骨はまだ半分残っていることだ。

和則さんは信じている。たとえ魂の半分が失われても、姉の魂の半分は残っていたと。

そして、姉の魂は、きっと成仏しているはずだと。

そうでなければ、姉の魂は、虐げた者たちの家に、永遠に捉われ続けることになるからだ。

執筆者&選考員紹介

※掲載順

シマウマヒト

怖いものや不気味なもの、不思議な話を中心にＳＮＳ等で活動。Ｘ：@simaumahito

今回、ノベルアップ+怪談コンテストの企画を通して書籍化という貴重な体験をさせていただきました。ありがとうございました。

カンキリ

限りなく昼呑みと猫を愛するバチ当たり者です。小説活動はあまりしていません。

たまーに、格好いいおねぇちゃんやロボットの出てくる話を書いてます。今回、他の方々の作品を読んで、自分は『怖い』の意味をはき違えた作品を書いてしまったような気がして、反省しています。また、機会がありましたら、挑戦してみたいです。

中野半袖

１９８５年生まれ。実家で見つけた稲川淳二のカセットテープを聴き、怪談に興味を持つ。仕事の疲れをオカルトで癒しながら、小説投稿サイトでホラー小説、怪談を執筆中。本書に参加させていただき、ありがとうございます。

孫野ウラ

趣味でお話を書く会社員。百聞は一見にしかずはもっともだけど、見に行くのは億劫だからとりあえず二百回聞いてからにしようかなとなる出不精で、実は白い彼岸花を見たことがない。見に行きたいなぁと思ってはいますが、いつになるやら。友人が考えてくれたキャラクターがこうして皆様の目に触れ、嬉しい限りです。ありがとうございます。

石川織羽

北海道生まれ。美術学校を卒業後、修行のため各地を行脚。その後は会社勤めの傍ら幼少期からの読書好きが高じて、小説を書き始める。怪談奇譚、ホラー、ディストピア物語、古いものと本と猫とコーヒーを愛する。似ている有名人はスヌーピーのお兄さん。

松岡真事

１９８２年生まれ。本業は板前。長崎県島原市の割烹にて、自慢の包丁を振るったり振るわなかったり。２０１７年より複数のラノベ系小説投稿サイトで場違いな取材怪談を発表していたが、縁あって２０２３年１２月、竹書房怪談文庫より作家デビュー。アマチュア時代から「松岡節」と称されていた独特の文章回しが特徴。猫とワインと、こけしを愛する。

クラン

神奈川県在住のＩＴエンジニア。好きな言葉は「えびまよ」。本書収録作「壁の心臓」にてノベルアップ＋主催「夏の夜の怪談コンテスト」最優秀賞受賞。同サイト「アミューズメントメディア総合学院×ノベルアップ＋ ショートストーリー作品コンテスト」に入賞。福島県いわき市主催、第44回吉野せい賞の準賞を受賞。

高良かなら

高知県出身。本と猫が好き。

はじめアキラ

ボカロ曲を作ったり絵を描いたりゲーム作ったり、ネット声優をすることもあるホラー作家。ノベルアップ＋以外ではエブリスタ、ｐｉｘｉｖ、ニコニコ動画などで活動中。どうしようもない方向音痴でゲーム内のマップでも迷ってばかり。なお生粋の遊戯王ファンである。

せなね

周りに田んぼと山と心霊スポットしかない愛媛県の秘境の出身。その障りで、少年時代は学校の図書室で怖い話を読み漁り、テレビの心霊特番は欠かさずチェックするような暗い青春を過ごす。執筆しているのは主にホラー系。ただ怖いだけではなく、読んだ後に面白かったと言ってもらえるような作品をお届け出来るよう、日々精進中。

小山内 英

雪国在住の怖がりな怪談好き。留守番と暗がりと夜中に見る鏡と少しだけ開いた戸の隙間が苦手。日常にあるささやかな恐怖と嫌な出来事を集めて文章にするのが趣味。ノベルアップ+にてため息をつく間に読み終える怪談などを執筆している。一生のうちに一度くらいは百物語をしてみたいけれど友達がいないのが悩み。

九度

出身地：関西地方

好きなもの：韓国映画、動物、参鶏湯、するめ

今回、このような素敵な企画に参加させていただき、たいへんうれしく思っております。携わってくださった方々、読んでくださったみなさま、本当にありがとうございます。

柳

工場勤めをしつつノベプラに色々投稿していた、自然&特撮愛好者。今回の書籍化で夢がちょっぴり叶い、絶賛小躍り中。主な活動場所→https://novelup.plus/my/profile
応援してくださった皆様、誠にありがとうございます！

匂井 凪

１９９３年生まれ。東京都出身。「凪」または「匂井 凪」の筆名にてホラー作品を中心にノベルアップ+等で活動中。同人ゲーム『アパシー 学校であった怖い話 秘密』にシナリオ参加のほか、ＶＴｕｂｅｒ主催怪談企画にて作品が朗読化されている。Ｘ：@Fuuryoku0m

祇光瞭咲

東京都在住。三度の飯は犬と食べたい愛犬家。ホラー作家を目指して日々修行中です。

根ヶ地部 皆人

昭和生まれの『ネガティブ怪人』。宝くじを当てて遊んで暮らすという完璧な人生設計が何者かの妨害により頓挫しており、やむなく社会の歯車を演じてジャンル雑多な短編小説を書き散らしている。

ノベルアップ+ https://novelup.plus/user/945551709/story

夜馬裕

怪談師・作家。本書では新作怪談の執筆と監修を担当し、「ノベルアップ+ 夏の夜の怪談オンテスト2023」では特別選考員を務めている。2020年に開催された竹書房主催の怪談コンテスト「第3回怪談最怖戦」では頂点である怪談最怖位を獲得。そのほか著作、イベント出演も多数。

彼岸

YouTubeチャンネル「怖い話　怪談　朗読」管理人。特別選考員としては第1回となる「ノベルアップ+ 夏の夜の怪談コンテスト」より参加している。なお、「怖い話　怪談　朗読」では、コンテスト応募作の中から、彼岸が選んだ作品を怪談朗読暦20年の136（イサム）氏の朗読で聴くこともできる。

ノベルアップ＋ 夏の夜の怪談コンテスト **入賞作リスト**

ノベルアップ＋ 夏の夜の怪談コンテスト

特別ゲスト：彼岸（YouTube CH「怖い話 怪談 朗読」管理人）

最優秀賞

壁の心臓　クラン

彼岸賞

緑のブラウス　石川織羽

幽霊なんか怖くない　根ヶ地部 皆人

優秀賞

忌み言葉　kihiro

『牛の声』　松岡真事

お鯉様の池　柳

畑山良和を知りませんか？　のらりく

佳作

深夜に見るマネキンほど怖いものはない　鞠目

黒くて嘲る厭なアレ　寺田 朱志

桑仔　棺之夜幟

ハロウィンのオジサン　だんぞう

固定電話　三埜小雪

ノベルアップ+ 夏の夜の怪談コンテスト2023

特別ゲスト：夜馬裕（怪談師・作家）
彼岸（YouTube CH「怖い話 怪談 朗読」管理人）

最優秀賞

家族ごっこ　九度

特別選考員賞

夜馬裕

虚構の部屋　シマウマヒト

彼岸

肉の鏡　高良かなら

優秀賞

神社の縁日　中野半袖
誘うもの　カンキリ
『継承』　松岡真事
みんなで怪談をたのしむ本　高良かなら
くる、くる、くる。　はじめアキラ

佳作

雛迎え　祇光瞭咲
闇バイト　せなね
揺れる紐　匂井 凪
八脚、九重、十指　孫野ウラ
蚯蚓屋敷　柳
留守番百物語　小山内 英

ノベルアップ＋代々木怪談小説コンテスト2024開催のおしらせ

小説投稿サイトノベルアップ＋にて、短編怪談を対象とした「代々木怪談小説コンテスト２０２４」を開催！　実際に体験した、または体験者から聞いた、いわゆる実話怪談から、創作怪談まで、さまざまなスタイルの短編作品を募集します。投稿作品の一部を収録した怪談アンソロジー「代々木怪談」として書籍化も予定。ノベルアップ＋では、皆さんのとっておきの怪談をお待ちしています！

ノベルアップ＋代々木怪談小説コンテスト２０２４開催概要

募集期間
２０２４年７月８日（月）１０時００分から
２０２４年９月２２日（日）２３時５９分まで

選考結果発表
２０２４年１２月下旬ノベルアップ＋内特設ページにて

募集テーマ

実際に体験した、または体験者から取材した怪談話。もしくは、読者を恐怖や不安に陥れるような気味の悪い物語。

創作・実話どちらでも投稿いただけます。

募集作品について

・文字数…締め切り段階で１，５００文字以上　７，０００字以内。
・自身で書いたものであれば、他サイトからの転載も可。ただし、ＹｏｕＴｕｂｅチャンネル「怖い話　怪談　朗読」で過去に読まれているもの、商業化作品は除く。その他、コンテスト特設ページに記載の応募要項に沿ってご参加ください。

特別選考員

彼岸　ＹｏｕＴｕｂｅチャンネル「怖い話 怪談 朗読」管理人
夜馬裕　怪談師・作家　※内容は変更になる場合があります。

各賞について

・最優秀賞（１作品）３万円分のアマゾンギフトカード
・特別選考員賞（選考員につき１作品）２万円分のアマゾンギフトカード
・優秀賞（若干名）賞金１万円分のアマゾンギフトカード
・佳作（若干名）ノベルアップ＋オリジナルグッズセット
参加者全員に限定アバター「フランス人形」をプレゼント

優秀賞以上の作品は左記についても優先的に検討対象になります。
・ＹｏｕＴｕｂｅチャンネル「怖い話　怪談　朗読」での朗読動画化検討
・ホビージャパンより刊行予定の怪談アンソロジー書籍「代々木怪談２０２５」（仮題）への収録検討

作品エントリーはノベルアップ＋（https://novelup.plus）まで！

代々木怪談
-ノベルアップ+ 夏の夜の怪談コンテスト傑作選-

執筆・監修　夜馬裕
執筆　シマウマヒト
カンキリ
中野半袖
孫野ウラ　けっき(原案)
石川織羽
松岡真事
クラン
高良かなら
はじめアキラ
せなね
小山内 英
九度
柳
匂井 凪
祇光瞭咲
根ヶ地部 皆人

協力　彼岸(YouTubeチャンネル「怖い話 怪談 朗読」)
136(YouTubeチャンネル「怖い話 怪談 朗読」)
塚原太郎
本文デザイン　大橋太郎
カバーデザイン　小林歩
カバーモデル製作　福田浩史
編集　舟戸康哲

代々木怪談
-ノベルアップ+ 夏の夜の怪談コンテスト傑作選-
2024年6月28日初版発行

編集人　木村学
発行人　松下大介
発行所　株式会社ホビージャパン
〒151-0053 東京都渋谷区代々木2-15-8
TEL.03-5304-7601(編集)
03-5304-9112(営業)
印刷所　大日本印刷株式会社

ISBN978-4-7986-3557-6
C0076